KB246407

지킬 박사와 하이드

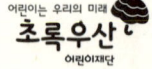
(주)푸른책들은 저소득 가정 아동들의 학습 환경 개선과 학업 능력 발달을
위하여 도서 판매 수익금의 일부를 초록우산 어린이재단에 정기적으로
기부함으로써 배움으로 따뜻해지는 세상을 만들어가고 있습니다.

지킬 박사와 하이드

펴낸날 초판 1쇄 2012년 3월 30일
지은이 로버트 루이스 스티븐슨 | **옮긴이** 황윤영
펴낸이 신형건 | **펴낸곳** (주)푸른책들 | **등록** 제321-2008-00155호
주소 서울특별시 서초구 양재천로7길 16 푸르니빌딩(양재동 115-6) (우)137-891
전화 02-581-0334~5 | **팩스** 02-582-0648
이메일 prooni@prooni.com | **홈페이지** www.prooni.com

ISBN 978-89-6170-273-7 04840

이 도서의 국립중앙도서관 출판시도서목록(CIP)은 e-CIP홈페이지(http://www.nl.go.kr/ecip)와
국가자료공동목록시스템(http://www.nl.go.kr/kolisnet)에서 이용하실 수 있습니다.
(CIP제어번호:CIP2012000772)

보물창고는 (주)푸른책들의 유아, 어린이, 청소년 도서 전문 임프린트입니다.

표지 그림 | 김재홍

The Strange Case of Dr. Jekyll and Mr. Hyde

지킬 박사와 하이드

로버트 루이스 스티븐슨 지음 | 황윤영 옮김

보물창고

차례

문에 얽힌 이야기 ································· 7

하이드를 찾아서 ································· 20

지킬 박사는 아주 느긋했다 ············· 36

커루 살인 사건 ································· 41

편지 사건 ··· 49

래니언 박사에게 일어난 놀라운 사건 ······ 58

창가에서 있었던 일 ····························· 66

마지막 밤 ··· 70

래니언 박사가 남긴 글 ························· 94

헨리 지킬의 사건 진술서 전문 ············· 108

옮긴이의 말 ······································· 140

문에 얽힌 이야기

―― ❧ ――

어터슨 변호사는 좀처럼 미소짓는 법이 없는 무뚝뚝한 얼굴의 사나이로 대화를 할 때는 차갑고 말수가 적고 멋쩍어했으며 감정을 잘 드러내지 않았다. 키가 크고 말랐으며 재미없고 따분했지만 그래도 왠지 호감이 가는 구석이 있었다. 친한 사람들과 만날 때면, 게다가 포도주까지 입맛에 맞을 때면 그의 눈동자에 대단히 인간적인 눈빛이 어리고는 했다. 그는 그것을 절대 말로 표현하지 않았지만 저녁 식사를 마친 뒤의 그윽한 표정에서 드러났고 일상의 행동에서는 더욱 자주 확연하게 드러났다.

그는 자기 자신에게 엄격한 사람이어서 혼자 있을 때는 고급 포도주를 마시고 싶은 마음을 억누르고 진을 마셨다. 그리고 연극을 좋아했지만 이십 년 동안 극장 문턱을 넘은 적이 없었다. 하지만 다른 사람에게는 관대하다고 정평이 나 있었는데 때로 나쁜 짓에 말려든 혈기 왕성한 사람들을 만나면 놀라움을 넘어 거의 부러워했으며 어떤 곤경에 빠져도 비난하기보다는 도와주고 싶어 했다. 그는 "내 마음은 카인의 이단에게 끌린다네. 난 내 형제가 악마에게 가겠다면 그렇게 하도록 놔두겠네."라는 기이한 말을 하고는 했다. 그는 이런 성격 덕분에 인생에서 내리막길에 다다른 사람들이 마지막으로 찾는 존경할 만한 지인이나 좋은 영향을 주는 사람으로 여겨졌다. 그리고 그는 자기 사무실을 찾아오는 이런 사람들에 대해서 자신의 태도를 조금도 바꾸지 않았다.

물론 어터슨에게 그것은 아주 쉬운 일이었다. 그는 기분이 가장 좋을 때에도 감정을 잘 드러내지 않았고 교우 관계도 포용력이라는 고운 성품을 바탕으로 형성된 것 같았기 때문이다. 우연히 알게 된 사람들을 쉬이 친구로 받아들이는 것은 겸손한 사람들의 특징인데 바로 어터슨 변호사가 그러했다. 그의 친구들은 그의 친척이거나 아주 오래전부터 알고 지내 온 사람들이었으며, 그의 애정은 세월이 흐르면서 담쟁이덩굴처럼 특별한 대상을 가리지 않고 자라 왔다. 그러므로 그가 먼 친척뻘 되는 유명한 한량 리처드 엔필드와 친하게 지내는 것도 의문스런 일은 아니었다. 이 두 사람이 무엇 때문에 만나며 두 사람 사이에 과연 어떤 공통 관심사가 있는지는 많은 사람들에게 풀기 어려운 수수께끼였다. 일요일마다 산책을 하는 두 사람을 마주친 사람들에 따르면 그들은 아무런 대화도 하지 않았고 대단히 지루해 보였으며 아는 사람을 마주치자 몹시 안도하며 반갑게 인사하곤 했다고 한다. 그럼에도 불구하고 그 두 사람은 일요일마다 하는 산책을 중요시하여 한 주의 가장 소중한 일과로 여겼다. 그래서 즐거운 일도 제쳐 놓고 급한 용무까지 미뤄 가면서 아무런 방해도 받지 않고 둘만의 산책을 즐기고는 했다.

이렇게 산책하던 어느 날 그들은 우연히 런던의 번화가에 있는 골목길로 접어들었다. 그 골목길은 좁고 약간 한적했지만 평일에는 장사가 활발히 이뤄지는 곳이었다. 그곳의 상점들은 모두 장사가 잘되고 있는 것처럼 보였다. 하지만 그곳 상인들은 장사가 더욱더 잘되기를 열망하여 상점을 꾸미는 데 여윳돈을 투자했다. 그래서 길을 따라 죽 늘어선 상점들은 생글생글 웃으며 호객 행위를 하는 여점원들처럼 안으로 들어오라고 부추기는 듯한 분위기를 풍겼다. 화려한 겉모습이 가려지고 비교적 인적이 드물어지는 일요일에도 그 거리는 우중충한 이웃 동네와 대조적으로 마치 깜깜한 숲 속에서 반짝이는 한 점의 빛처럼 빛났다. 페인트칠을 갓 한 덧문들, 윤이 반짝반짝 나는 놋쇠 장식, 전반적으로 깨끗하고 밝은 분위기가 행인의 시선을 단박에 사로잡으며 즐거움을 선사했다.

죽 늘어선 상점들의 줄은 동쪽 방향에 위치한 왼편 모퉁이 끝 두 번째 집 앞에서 깨졌는데, 바로 그곳에는 길 쪽으로 박공지붕이 툭 튀어나와 어쩐지 불길한 분위기를 풍기는 건물이 서 있었다. 2층짜리 건물로 창문이라고는 전혀 없었으며 아래층에는 문만 하나 있었고 위층에는 빛바랜 벽뿐이었다. 어느 면으로 보나 오랫동안 지저분하게 방치해 둔 흔적이 역력했다. 초인종도, 문을 두드리는 손잡이 고리도 없는 현관문은 페인트가 들뜨고 벗겨진 상태였다. 들어간 벽면에는 부랑자들이 웅크리고 앉아 벽판에 성냥을 그어 대고 있었다. 계단에는 아이들이 좌판을 벌여 놓았고 벽 모서리에는 학생들이 칼로 긁은 흔적이 있었다. 아주 오랫동안 아무도 이런 뜨내기 방문객들을 쫓아 버리거나 수리가 필요한 부분을 손보지 않은 것 같았다.

　둘은 골목길 맞은편에서 함께 걸어왔다. 그러다가 그 집의 입구 앞에 이르자 엔필드가 지팡이를 들어 가리켰다.

　"저 문을 보신 적 있습니까?"

　엔필드의 물음에 어터슨 변호사가 그렇다고 대답했다.

　"저는 저 문을 보면 아주 기묘한 이야기가 떠오른답니다."

　엔필드가 덧붙였다.

　"그래? 무슨 이야기인가?"

　어터슨 변호사의 어조가 살짝 달라졌다.

"이야기는 이렇습니다."

엔필드가 대답했다.

"아주 먼 곳에 갔다가 집으로 돌아오는 길이었어요. 깜깜한 겨울이었고 새벽 세 시쯤이어서 제가 지나는 길에는 글자 그대로 가로등 불빛 말고 아무것도 보이지 않았습니다. 지나는 거리마다 사람들은 모두 잠들어 있었고 모든 거리에는 행렬을 맞이하는 것처럼 가로등이 켜진 채 교회처럼 텅 비어 있었어요. 혹시 무슨 일이라도 일어날까 봐 귀를 기울이고 또 기울이며 걷다가 급기야는 차라리 경찰관이라도 눈에 띄었으면 좋겠다는 생각을 하기에 이르렀습니다. 그런데 갑자기 눈앞에 두 사람이 나타났습니다. 한 사람은 몸집이 작은 사내였는데 동쪽을 향해 잰걸음으로 뚜벅뚜벅 걸어가고 있었고 또 다른 사람은 여덟 살이나 열 살쯤 되어 보이는 여자 아이였는데 교차로 쪽에서 열심히 뛰어오고 있었습니다. 그런데 변호사님, 그두 사람은 당연히 모퉁이에서 딱 맞부딪쳤고 그때 끔찍한 일이 벌어졌습니다. 그 남자가 아무렇지 않게 아이의 몸을 짓밟고는 땅바닥에 쓰러져 울부짖는 아이를 내버려 두고 제 갈 길을 가지 뭡니까. 듣기에는 별일 아닌 것 같겠지만 실제로 볼 때는 정말 끔찍했어요. 그자는 사람 같지가 않았어요. 꼭 저주받은 크리슈나 신상(*크리슈나는 힌두교의 신이다. 크리슈나 신을 숭배하는 자들은 크리슈나 신상을 싣고 행진하는 수레 앞에 몸을 던져 자신을 제물로 바치면 극락에서 환생한다는 믿음을 갖고 있다. 그래서 맹목적으로 수레 앞에 몸을 던지고는 했다. 이하 *표시—옮긴이 주) 같았습니다. 나는 그자를 소리쳐 부르며 뒤쫓아 가서 뒷덜미를 낚아채 여자 아이가 있는 곳으로 끌고 왔습니다. 비명을 지르는 여자 아이 주위에는 이미 사람들이 모여 있었습니다. 그자는 아주 태연했으며 저항하지도 않았어요. 그가 나를 쳐다봤는데 그의 모습이 너무나 추악해서 나는 달리기를 한 사람처럼 식은땀을 흘렸습니다. 알고 보니 모여든 사람들은 여자 아이의 가족들이었습니다. 곧 의사가 얼굴을 내밀었습니다. 여자 아이는 그 의사를 부르러 갔던 길이라고 했습니다. 의사가 아이를 살펴보더니 아이가 많이 다치지는 않았지만 무척 많이 놀랐다고 했습니다.

아마 변호사님께서는 이 이야기가 여기에서 끝날 것이라고 생각하시겠지요. 하지만 한 가지 이상한 점이 있었습니다. 처음 보는 순간부터 나는 그자에게 혐오감이 일었습니다. 그 여자 아이의 가족들도 마찬가지였는데 그건 지극히 당연한 일이었습니다. 그리고 그 의사의 태도도 내 관심을 끌었습니다. 그 의사는 어디서든 흔히 볼 수 있는 평범한 의사였는데 그의 나이나 인종은 짐작하기 힘들었어요. 하지만 그는 강한 에든버러 억양을 쓰고 있어서 목소리가 백파이프 소리처럼 감정을 잘 드러냈습니다. 그런데 변호사님, 그 의사도 우리와 마찬가지였어요. 내가 붙잡은 그자를 볼 때마다 의사도 그자를 죽이고 싶은 열망으로 얼굴이 하얗게 질리더군요. 의사와 나는 서로의 마음을 알아챘습니다. 하지만 그자를 죽이는 것은 불가능했기에 우리는 차선책을 택했습니다. 우리는 이 사건을 크게 소문내서 그의 악명이 런던의 이쪽 끝에서 저쪽 끝까지 자자하게 만들 수 있다고, 아니 반드시 그렇게 할 것이라고 엄포를 놓았습니다. 우리는 그자가 친구도 신용도 모두 잃게 될 거라고 단언했습니다. 우리가 벌겋게 달아올라 열변을 토하는 와중에도 하피(*그리스 신화에 나오는, 여자의 모습을 하고 있으나 새의 날개와 발톱을 지닌 추악하고 탐욕스런 괴물.)만큼이나 사나워진 여자들이 계속해서 그자에게 달려들었습니다. 그래서 우리는 그자에게서 여자들을 최대한 멀리 떨어뜨려 놓아야 했습니다. 나는 그렇게 증오에 찬 얼굴들은 결코 본 적이 없어요. 그자는 자신을 빙 에워싼 여자들을 완전히 무시하는 듯 침착하게(제가 보기엔 겁도 먹은 것 같았습니다.), 하지만 정말이지 사탄처럼 태연히 서 있었습니다. 그가 '당신들이 이 일을 빌미로 삼겠다면 나로서는 어쩔 수 없는 노릇이오. 신사 체면에 소동에 휘말리고 싶지 않으니 원하는 액수를 말해 보시오.' 하고 말하더군요. 그래서 우리는 여자 아이의 가족을 위해 크게 부풀려 100파운드를 내놓으라고 했지요. 그자는 터무니없는 액수라고 반박할 태세였지만 그랬다간 재앙이 닥칠 것이라는 분위기를 감지하고 결국 항복의 백기를 들었습니다. 그다음 해야 할 일은 그 돈을 받는 것이었는데 그가 돈을 가지러 어디로 들어간 줄 아십니까? 바로 저 문을 통해 저 건물로 들어갔습니다. 그자가 열쇠를 꺼내 안으로 들어가더니 금방 10파운드짜리 금화와 쿠츠 은행의 수표를 갖고 나왔습니다. 그 수표는 소지자에게 지불하도록 발행된 것으로 제 얘기의 핵심이긴 하지만 거기에는 제가 차마 언급할 수 없는 이름이 서명되어 있었습니다. 아주 유명하고 신문에서도 자주 접하는 이름이었습니다. 액수도 대단했지만 서명은 그 이상으로 더 대단했습니다. 물론 그게 진짜라면 말이지요. 나는 실례를 무릅쓰고 그자에게 지금 사기 치는 것이 아니냐며 다그쳤어요. 새벽 네 시에 지하실로 들어가서 거의 100파운드에 이르는 타인 명의의 수표를 갖고 나오는 게 현실적으로 말이 되느냐고 따져물었지요. 하지만 그자는 아주 차분하게 코웃음을 치며 '안심하시오. 은행이 문을 열 때까지 당신들과 함께 있다가 내가 직접 수표를 현금으로 바꿔 줄 테니.'라고 말했어요. 그래서 의사, 아이의 아버지, 그자와 나는 다 같이 내 집으로 가서 시간을 보냈지요. 날이 밝자 아침 식사를 하고 모두 함께 은행으로 갔습니다. 내가 직접 은행에 그 수표를 가지고 들어가 위조된 수표가 틀림없다고 주장했습니다. 하지만 전혀 아니었습니다. 그 수표는 진짜였어요."

"쯧쯧."

어터슨이 혀를 찼다.

"변호사님도 저와 같은 생각이시군요. 그래요. 이건 좋지 않은 이야기입니다. 그자는 누구도 상대할 수 없는 자였어요. 정말로 저주받아 마땅한 자였죠. 그 수표를 발행한 사람은 아주 예의바른 사람이고 유명 인사이며 설상가상으로 소위 선행을 베푸는 변호사님의 친구분이었습니다. 분명 갈취당한 거예요. 정직하신 분이 젊은 시절에 저지른 잠깐의 실수로 지금 터무니없는 대가를 치르고 계신 것이죠. 그래서 저는 저 문이 있는 저 집을 '갈취의 집'이라고 부른답니다. 하지만 그렇다 할지라도 모든 것이 설명되지는 않아요."

엔필드가 그 말을 덧붙이고는 잠시 생각에 잠겼다.

"그리고 자네는 그 수표의 발행인이 저 집에 사는지 알지 못한단 말이지?"

다소 갑작스런 어터슨 변호사의 질문에 엔필드는 생각에서 깨어났다.

"그럴 만한 곳이 아니지 않습니까?"

엔필드가 되물었다.

"우연히 그분의 주소를 알게 됐는데 그분은 어느 광장에 위치한 집에 사세요."

"그리고 자네는 저 문이 있는 저 집에 대해서 전혀 묻지 않았고?"

어터슨이 물었다.

"예, 변호사님. 신중하게 구느라고 물어보지 못했어요. 질문을 하고 싶은 마음은 굴뚝같았지만요. 그건 최후의 심판의 날과 아주 비슷합니다. 질문을 하나 던지는 건 돌을 던지는 것과 같아요. 언덕 위에 앉아 조용히 돌을 굴리면 다른 돌들까지 덩달아 굴러가게 되고 곧 돌을 굴린 사람은 전혀 생각지도 못했던, 아무 상관없는 노인이 자기 집 뒷마당에서 머리에 돌을 맞아 쓰러지겠죠. 그리고 그의 가족에게는 가장을 잃는 상황이 일어나게 되죠. 그런 일이 일어나선 안 돼요, 변호사님. 그래서 저는 '미심쩍은 구석이 더 많을수록 질문은 더 적게 하자.'는 저만의 원칙을 세워 놓았어요."

"아주 훌륭한 원칙이로군."

"하지만 저는 그동안 죽 혼자서 저 집을 살펴봤어요. 저곳은 좀처럼 평범한 집 같지가 않았어요. 다른 문은 전혀 없고 그자가 가끔씩 드나드는 것 말고는 아무도 드나들지 않아요. 1층에는 창문이 하나도 없고 2층에는 안마당 쪽으로 난 창문이 세 개가 있지요. 그 창문들은 언제나 닫혀 있지만 깨끗해요. 그리고 굴뚝이 있는데 대개 연기가 나오는 걸 보면 집 안에 누군가 사는 게 분명해요. 하지만 꼭 확신할 수는 없는 게 안마당 주위로 건물들이 너무 다닥다닥 붙어 있어서 어디까지

16

가 그 건물이고 어디까지가 딴 건물인지 구분하기가 힘들거든 요."

두 사람은 한동안 말없이 걸었다. 그러다 어터슨 변호사가 말문을 열었다.

"엔필드, 자네 원칙은 훌륭하네."

"예, 저도 그렇게 생각해요."

"그렇지만 말일세, 엔필드. 자네에게 묻고 싶은 게 하나 있 네. 여자 아이를 밟고 지나갔다는 그 사내의 이름이 뭔지 알고 싶네만."

"흠, 그거야 말씀드려도 해가 될 것 같진 않군요. 그자의 이 름은 하이드였습니다."

"그래, 생김새는 어떻던가?"

"설명하기가 쉽지 않아요. 그의 외모에는 뭔가 잘못된 곳이 있었어요. 뭐랄까, 불쾌하고 굉장히 혐오스런 구석이 있었습 니다. 그렇게까지 싫은 느낌이 드는 사람은 처음이었는데 아 직도 그 이유를 모르겠어요. 그자는 어딘가 기형임에 틀림없 어요. 어디가 기형인지 꼬집어 말할 순 없지만 기형이란 느낌 을 강하게 받았어요. 별나게 생긴 사내인데도 어디가 별난지 딱 꼬집어 말하기가 힘들어요. 못하겠어요, 변호사님. 그자의 생김새를 설명하지 못하겠어요. 기억이 나지 않아서가 아니에 요. 지금 이 순간도 그자의 모습이 눈에 선하니까요."

어터슨 변호사는 침묵 속에서 얼마간을 깊이 생각에 잠긴 채 걸어갔다.

"그자가 열쇠를 사용했단 게 확실한가?"

마침내 어터슨 변호사가 물었다.

"변호사님, 대체 왜……."

엔필드가 깜짝 놀라서 되물었다.

"그래, 알아. 이상하게 보일 거란 사실을 나도 잘 아네. 실은 그 수표 발행인이 누군지 묻지 않는 건 내가 벌써 그 사람이 누군지 짐작했기 때문일세. 리처드, 자네 얘기는 아주 잘 들었네. 정확하지 않은 부분이 있었다면 지금 바로잡는 게 좋을 걸세."

"아시면 아신다고 미리 말씀해 주시지 않고요."

엔필드가 부루퉁하니 대답했다.

"하지만 저는 정말 있는 그대로를 정확히 말씀드렸습니다. 변호사님 말씀처럼 그자는 열쇠를 갖고 있었어요. 그리고 지금도 갖고 있어요. 그자가 열쇠를 사용하는 걸 봤는데 일주일도 지나지 않았어요."

어터슨 변호사는 깊이 한숨을 쉬었지만 말은 한 마디도 꺼내지 않았다. 그러자 엔필드가 곧바로 다시 자신의 이야기를 이어 갔다.

"이번엔 아무 말 않는 게 좋다는 또 다른 교훈을 얻었어요.

길게 수다를 떨어서 부끄럽습니다. 두 번 다시 이 이야기는 꺼내지 않도록 하죠."

"그게 좋겠네. 그렇게 하게, 리처드."

하이드를 찾아서
---❦---

그날 저녁 어터슨 변호사는 우울한 기분이 되어 혼자 사는 자신의 집으로 돌아왔다. 그리고 저녁 식사를 하려고 자리에 앉았지만 입맛이 없었다. 그는 일요일이면 늘 저녁 식사를 마치고 난롯가에 앉아 독서대에 딱딱한 신학 서적 한 권을 올려놓고 읽었다. 그리고 이웃 교회에서 자정을 알리는 종이 울리면 맑은 정신으로 감사히 잠자리에 들곤 했다. 하지만 이날 저녁에는 식탁을 치우자마자 촛불을 들고 서재로 향했다. 서재에서 금고를 열고 가장 깊숙한 곳에서 봉투에 '지킬 박사의 유언장'이라고 적힌 서류를 꺼냈다. 그리고 자리에 앉아 인상을 잔뜩 찌푸린 채 유언장의 내용을 살펴보았다. 그 유언장은 자필로 작성되어 있었는데, 지금은 어터슨 변호사가 완성된 유언장을 맡아 두고 있으나 그 유언장이 작성될 당시에는 전혀

도움을 주지 않았었다. 그 유언장에는 의학 박사이자 민법 박사, 법학 박사, 영국왕립학회 회원 등인 헨리 지킬 박사가 사망하면 박사의 모든 재산을 '친구이자 후원자인 에드워드 하이드'의 손에 넘긴다는 내용이 적혀 있었다. 뿐만 아니라 지킬 박사가 '3개월 이상 실종되거나 행방불명될 시'에는 상기한 에드워드 하이드가 지체 없이 헨리 지킬 박사의 후임이 되며 지킬 박사의 가족들에게 소액의 돈을 주는 것 외에는 어떤 부담이나 의무로부터도 자유롭다는 내용을 담고 있었다. 어터슨 변호사는 예전부터 이 유언장이 눈에 거슬렸다. 그 유언장은 변호사로서 뿐만 아니라, 별난 것은 천박한 것이라 여기는 건전하고 관습적인 삶의 애호가로서도 비위에 거슬렸다. 그리고 이제까지는 하이드가 누군지 몰라서 화가 났지만 이제는 반대로 하이드가 누군지 알게 되어서 화가 치밀었다. 이름만 알고 있었을 때에도 충분히 심기가 불편했는데 그 이름에 혐오스런 특징들을 지닌 자의 모습이 구체적으로 덧씌워지자 불쾌함이 더 심해졌다. 아주 오랫동안 그의 눈을 가리고 있던 실체 없는 안개가 걷히고 갑자기 뚜렷한 악마의 모습이 되어 불쑥 튀어나왔다.

"그냥 미친 짓으로만 생각했는데 잘못하다가는 불명예를 초래하는 일이 되겠어."

어터슨 변호사가 불쾌한 서류를 다시 금고에 넣으면서 중얼거렸다.

그는 촛불을 불어 끈 다음 두꺼운 외투를 걸치고 병원 밀집 지역인 캐번디시 광장 쪽으로 향했다. 그의 친구인 위대한 래니언 박사는 그곳에서 병원을 운영하며 밀려드는 환자들을 받았다. 그는 래니언이라면 무언가 알고 있을지도 모른다고 생각했다.

근엄한 표정의 집사가 그를 알아보고 반갑게 맞이했다. 어터슨은 기다리지 않고 곧바로 현관을 지나 식당으로 안내되었다. 식당에는 래니언 박사가 홀로 앉아 포도주를 마시고 있었다. 래니언 박사는 나이에 비해 빨리 새어 버린 엉클어진 백발에 활기차고 결단력 있는 태도를 지닌 다정다감하고 건강하며 말쑥하고 혈색이 좋은 신사였다. 래니언 박사는 어터슨을 보자 의자에서 벌떡 일어나 두 팔을 벌려 그를 반겼다. 으레 그렇듯 그의 다정한 환대는 겉보기에 다소 과장되어 보였지만 진심에서 우러난 행동이었다. 두 사람은 학창 시절부터 함께한 오랜 친구였기에 절대적으로 자기 자신과 서로를 존중했으며 자주 만나지는 못해도 서로 함께 어울릴 때면 아주 즐거운 시간을 보내는 사이였다.

잠시 이런저런 얘기를 나눈 뒤 어터슨 변호사는 자신의 마음에 드리운 아주 불쾌한 화제를 꺼냈다.

"이보게, 래니언. 자네와 나는 헨리 지킬의 가장 오래된 친구겠지?"

"우리가 가장 오래된 사람들은 아니었으면 좋겠어."

래니언이 낄낄거리며 농담을 하고는 말을 이어 나갔다.

"맞아, 우리가 그의 가장 오랜 친구지. 그런데 왜 그러나? 요즘은 그를 통 못 봤는데."

"그래? 난 자네들에게 공통 관심사가 있어 자주 만나는 줄 알았네만."

"예전엔 그랬었지. 하지만 헨리 지킬이 내가 감당하기 벅찰 정도로 괴상하게 변한 게 십 년도 넘었네. 그 친구는 길을 잘못 들었어. 정신적으로 말일세. 그래도 물론 나는 이른바 옛정을 생각해서 그에게 계속 관심을 기울이고 있긴 하네만 그 친구를 만난 적은 거의 없네. 과학적으로 말도 안 되는 그런 종잡을 수 없는 소리 앞에선……."

래니언 박사가 갑자기 얼굴이 벌게지며 덧붙였다.

"제아무리 다몬과 피티아스(*고대 그리스의 죽음을 걸고 신의를 지킨 두 친구.)라고 한들 멀어질 수밖에!"

래니언 박사가 이렇게 살짝 화를 표출하자 어터슨은 다소 안도가 되었다. 어터슨은 '두 사람은 서로 과학적인 견해가 달랐을 뿐이야.' 하고 생각했다. 양도 증서에 관한 문제를 다룰 때를 제외하고 과학에는 열의가 없는 사람으로서 어터슨은 '전혀 별일 아니잖아!'라고 생각하기까지 했다. 어터슨 변호사는 자기 친구가 평정을 되찾기를 잠시 기다렸다가 묻고 싶었던 질문을 꺼냈다.

"혹시 지킬의 피보호자를 만난 적이 있나? 하이드라고 하던데?"

"하이드?"

래니언이 되물었다.

"아니, 전혀 들어 보지 못한 이름인걸. 금시초문일세."

어터슨 변호사는 그 정도의 정보만 얻어 집으로 돌아왔고 크고 어두운 침대 위에서 이리저리 뒤척이는 사이 날이 밝아 왔다. 깜깜한 어둠 속에서 의문에 시달리느라 마음이 어수선하고 불편했던 밤이었다.

집 인근 교회에서 새벽 여섯 시를 알리는 종이 울렸지만 그는 여전히 그 문제와 씨름하고 있었다. 지금까지 그것은 그의 지적인 부분만을 건드렸지만 이제는 상상력까지 개입되었고 결국 그는 상상력의 노예가 되었다. 그가 그날 밤 커튼이 쳐진 방의 짙은 어둠 속에 누워 뒤척일 때 엔필드가 이야기해 준 장면들이 머릿속에 주마등처럼 스쳐 지나갔다. 가로등이 찬란한 도시의 밤거리가 보이더니 한 사내가 재빠르게 걸어오고 곧바로 의사의 집에서 한 아이가 뛰어나온다. 그러다 두 사람이 마주치자 인간 크리슈나 신상이 아이를 짓밟고는 비명에도 아랑곳하지 않은 채 그냥 가 버린다. 또 다른 장면에서는 부잣집의 방이 보이는데 그의 친구가 꿈을 꾸는지 미소를 지으며 잠들어 있었다. 그런데 갑자기 방문이 벌컥 열리고 침대의 커튼이 휙 젖히며 잠든 친구가 잠에서 깬다. 저런! 친구의 권력을 모두 넘겨받은 인물이 그의 옆에 서 있고 모두가 잠든 한밤중인데도 친구는 자리에서 일어나 그자가 시키는 대로 한다. 이 두 장면에 등장하는 그자는 밤새도록 어터슨 변호사의 머릿속에 출몰하여 괴롭혔다. 그가 깜빡이라도 졸면 그자는 더 슬그머니 꿈속으로 들어와 빠르게, 점점 더 빠르게 어지러울 정도로 움직여 가로등 불빛이 켜진 도시의 더 넓은 미로와 거리 구석구석을 누볐다. 그리고 아이를 짓밟고 비명을 지르는 아이를 그대로 놔두고 가 버렸다. 그런데도 그자에게는 얼굴이 없어 누군지 알아볼 수가 없었다. 꿈에서조차 그자는 얼굴이 없거나 알아볼 수 없거나 어터슨 변호사의 눈앞에서 얼굴이 녹아 버렸다. 그리하여 어터슨 변호사의 마음속에서 진짜 하이드라는 자를 보고 싶다는 아주 강한, 거의 터무니없는 호기심이 치솟아 빠르게 자라났다. 그자를 직접 만나 잘 살핀다면 미스터리한 것들이 으레 그렇듯 이 미스터리도 풀려서 의혹이 완전히 사라지게 될 것이라고 생각했다. 자기 친구가 왜 그렇게 그자를 편애하는지, 또는 왜 그자에게 지배당하는지(편애든 지배든 어느 쪽으로 부르든), 왜 유언장에 그토록 놀라운 조항을 넣었는지도 알 수 있을 것이다. 자비심이라고는 없는 사내의 얼굴, 그저 쳐다보는 것만으로도 냉담한 엔필드의 마음속에 사라지지 않는 증오심을 불러일으키는 얼굴이지 않은가? 아무튼 한번은 봐 둘 만한 얼굴 같았다.

그때부터 어터슨은 상가 골목길의 그 집 앞을 빈번하게 찾아가기 시작했다. 사무실 문을 열기 전 아침에도, 업무가 많아 시간이 부족한 정오에도, 안개 낀 도시에 달빛이 비추는 밤에도, 해가 비출 때건 가로등이 비출 때건, 혼자서든 사람들 틈에서든, 어터슨 변호사는 늘 그 자리에 모습을 드러냈다.

'그자가 '숨는' 자라면 나는 '찾는' 자가 되는 거야.'(*'하이드 (Hyde)'와 발음이 같은 '숨다(hide)'란 단어에 착안해서 하는 말이다.)

어터슨은 속으로 다짐했다.

그리고 마침내 그의 인내심이 보답을 받았다. 맑고 건조한 밤이었다. 대기에는 찬 기운이 가득했고 거리는 무도회장 바닥처럼 깨끗했으며 바람이 없어 가로등 불빛은 빛과 그림자를 고르게 드리우고 있었다. 열 시쯤이었고 상점들이 문을 닫자 골목길은 인적이 뜸해졌다. 런던 여기저기에서는 이런저런 나지막한 소리가 들려왔지만 그곳 골목길만은 아주 조용했다. 작은 소리들도 멀리까지 퍼져 나갔다. 가정집에서 새어 나오는 소리들이 길 양 끝에서도 또렷하게 잘 들렸고, 행인이 다가올 때는 모습을 드러내기도 전에 소리로 행인의 존재를 먼저 알아차릴 수 있었다. 어터슨은 그날도 변함없이 그 자리에서 있었는데 몇 분 지나지 않아 가까이 다가오는 별나고 경쾌한 발소리가 들렸다. 밤마다 찾아와서 살피다 보니 그는 어느새 아주 멀리 떨어진 거리에서 나는 발소리와 커다랗게 울리고 덜거덕거리는 런던의 소리를 또렷하게 구별할 수 있게 되었다. 그래도 그의 주의가 이토록 날카롭고 결정적으로 쏠렸던 적은 없었다. 그자가 분명하다는 강한 미신적인 예감이 들어 그는 안마당으로 들어가는 입구 쪽으로 물러났다.

발소리가 점점 가까이 빠르게 다가오더니 골목길 모퉁이로 접어들자 갑자기 더 커졌다. 입구에서 전방을 주시하던 어터슨 변호사는 곧 자신이 상대해야 할 사람의 모습을 볼 수 있었다. 그는 몸집이 작고 아주 평범하게 옷을 입었는데 어찌된 영문인지 그의 외모는 보는 사람의 마음에 강한 반감을 불러일으켰다. 그자는 시간을 아끼려고 길을 가로질러 곧장 문으로 향했다. 그리고 마치 자기 집 앞에 다다른 사람처럼 호주머니에서 열쇠를 꺼냈다.

어터슨은 앞으로 걸어 나갔고 지나가는 그자의 어깨를 툭 쳤다.

"하이드 씨?"

하이드가 움찔하며 숨을 헉 들이마시고 뒤로 물러났다. 하지만 순간적으로 놀랐을 뿐이었고 어터슨 변호사를 똑바로 쳐다보지는 않았지만 아주 차분하게 대답했다.

"맞습니다만. 왜 그러시오?"

"집으로 들어가는 모양인데 나는 지킬 박사의 오랜 친구인 곤트 거리에 사는 어터슨이라고 하오. 틀림없이 내 이름을 들어 봤을 것 같소만. 마침 이렇게 만났으니 나도 당신을 따라 같이 들어가도 되겠소?"

"들어가도 지킬 박사를 만나지 못할 거요. 박사는 집에 없소."

하이드가 열쇠를 혹 불며 대답했다. 그러더니 여전히 고개를 숙인 채로 불쑥 물었다.

"나를 어떻게 아셨소?"

"그전에 먼저 내 부탁을 들어주겠소?"

"기꺼이. 무슨 부탁이오?"

"내게 얼굴 좀 보여 주겠소?"

어터슨 변호사가 물었다.

하이드는 잠시 망설이는 듯했지만 갑자기 무슨 생각이라도 난 사람처럼 도전적으로 정면을 향했고 두 사람은 잠시 서로를 뚫어져라 바라봤다.

"이제 다시 봐도 당신을 알아볼 수 있겠소. 도움이 될 거요."

어터슨 변호사가 말했다.

"그럴 테지요. 우린 만난 적도 있으니까. 그건 그렇고 내 주소를 드리리다."

그러면서 하이드는 소호 거리의 주소를 건넸다.

'이런! 이자도 그 유언장을 생각하고 있었던 걸까?'

어터슨 변호사는 생각했다. 하지만 그는 자신의 생각을 내색하지 않았고 주소를 알려 줘서 고맙다고 중얼거렸다.

"자, 그럼. 나를 어떻게 알게 되었는지 말씀해 주겠소?"

하이드가 물었다.

"인상착의를 설명 들었소."

"누구에게서 말이오?"

"우리 둘 다 아는 친구들이 있잖소."

"우리 둘 다 아는 친구들? 그게 누구요?"

하이드가 다소 귀에 거슬리는 목소리로 따져 물었다.

"예를 들자면 지킬이라든가."

"그는 당신에게 나에 관한 말을 절대 한 적이 없소. 당신이 거짓말을 할 줄은 몰랐소만."

하이드는 화가 나서 얼굴을 붉히며 소리쳤다.

"이보시오. 무슨 말을 그리 하시오."

어터슨 변호사가 말했다.

하이드가 야만스런 웃음을 크게 토해 냈다. 그러더니 다음 순간 눈 깜짝할 사이에 열쇠로 문을 열고 집 안으로 들어가 버렸다.

하이드가 들어가고 난 뒤에도 어터슨 변호사는 불안한 모습으로 한동안 그대로 서 있었다. 잠시 뒤 그는 천천히 길을 걷기 시작했지만 한두 걸음마다 멈춰 서며 당혹스런 사람처럼 손으로 이마를 짚었다. 그가 걸어가면서 곰곰이 생각한 문제는 좀처럼 풀기 힘든 유형의 문제였다. 하이드는 창백하고 왜소했으며 어디라고 딱 꼬집어 말할 수는 없지만 기형이라는 인상을 풍겼다. 그리고 불쾌한 미소를 지었으며 변호사에게 겁을 내면서도 대담하게 처신했고 무시무시하게 굴었다. 그리고 낮게 중얼거리는 듯 말하는 목소리는 갈라져 있어서 귀에 거슬렸다. 이 모든 점들이 어터슨으로 하여금 하이드에게 반감을 갖게 만든 특징들이었다. 하지만 이 모두를 다 합해도 어터슨이 그자를 대한 뒤로 지금까지 남아 있는 알 수 없는 반감과 혐오감과 두려움을 설명할 수는 없었다.

"분명 뭔가 다른 게 있어. 틀림없어. 그게 뭔지 알 수만 있다면 좋으련만. 이런, 그자는 도무지 사람 같지도 않았어! 선사 시대 동굴에 살던 원시인 같았다고나 할까? 아니면 옛날 이야기에 나오는 펠 박사(*이유를 알 수 없는 불합리한 증오의 대상.) 같은 자일까? 그도 아니면 단지 악독한 영혼이 그자 밖으로 새어 나와 육체를 변형시켜 저런 모습이 된 걸까? 그래, 맨 마지막 경우일 거야. 오, 불쌍한 내 친구 헨리. 내가 사탄의 특징을 발견한 얼굴의 주인공이 바로 자네의 새 친구라니."

어터슨 변호사가 당혹스런 표정으로 혼자 중얼거렸다.

그 골목길에서 모퉁이를 돌면 멋진 고택들이 있는 광장이 나왔다. 대부분의 고택들은 한창 때에 비해 쇠락하여 다가구 주택과 사무실로 바뀌었고 지도 조판공, 건축가, 뒤가 구린 변호사, 뭔가 비밀스런 사업의 중개인 같은 온갖 부류와 상황에 처한 사람들이 세 들어 살고 있었다. 하지만 모퉁이에서 두 번째에 위치한 저택 한 채는 건물 전체를 주인이 온전히 사용 중이었다. 비록 지금은 현관문 상단에 달린 부채꼴 모양의 채광창을 제외하고 빛 한 점 새어 나오지 않았지만, 어터슨 변호사는 부유하고 안락한 분위기를 한껏 풍기는 그 저택의 현관문 앞에 멈춰 서서 문을 두드렸다. 잘 차려입은 나이 지긋한 하인이 현관문을 열었다.

"풀, 지킬 박사는 집에 계신가?"

어터슨 변호사가 물었다.

"어터슨 변호사님, 알아보고 오겠습니다."

풀은 어터슨 변호사를 천장은 낮으나 널찍하고 안락한 응접실로 들였다. 응접실 바닥에는 판석이 깔려 있었고 시골 저택 풍으로 난로를 활활 피워 놓아 따뜻했으며 값비싼 오크 나무 장식장들이 놓여 있었다.

"변호사님, 여기 난롯가에서 기다리시겠습니까? 아니면 식당에 불을 켜 드릴까요?"

"여기에서 기다리겠네."

어터슨 변호사가 대답하고는 난롯가로 다가가 높다란 난로 울타리에 몸을 기댔다. 어터슨 변호사 혼자만 남겨진 이 응접실은 그의 친구 지킬 박사가 제일 좋아하는 곳이었는데 어터슨 변호사도 늘 그 응접실이 런던에서 가장 쾌적한 방이라고 평가하고는 했다. 하지만 오늘 밤만큼은 그의 핏속에서 전율이 느껴졌다.

머릿속에 하이드의 얼굴이 무겁게 자리 잡고 있었다. 그는 (그에게는 좀처럼 드문 일인데) 삶에 대한 욕지기와 혐오를 느꼈다. 침울한 기분 탓인지 광택이 나는 장식장에 비친 깜박거리는 난로 불빛도, 천장에서 불안정하게 어른거리는 그림자도 위협적으로 느껴졌다. 이내 풀이 돌아와 지킬 박사가 외출하고 없다고 전하자 어터슨 변호사는 오히려 안도하는 자신을 발견했고 그 모습이 부끄러웠다.

"풀, 하이드 씨가 옛날 해부실 문으로 들어가는 걸 봤네. 지킬 박사가 집에 없는데 그래도 괜찮은가?"

"괜찮습니다, 어터슨 변호사님. 하이드 씨께서도 열쇠를 갖고 계시니까요."

집사가 대답했다.

"풀, 자네 주인은 그 젊은이를 상당히 신뢰하는 모양일세."

변호사가 생각에 잠긴 채 말했다.

"예, 변호사님. 대단히 신뢰하시지요. 우리 모두 하이드 씨의 말에 따르라는 지시를 받았답니다."

"난 하이드 씨를 여기에서 본 적이 없는 것 같은데?"

"당연히 그러셨겠죠, 변호사님. 하이드 씨는 절대 여기에서 식사를 하지 않으니까요. 실은 저희도 저택의 이쪽 부근에서는 그분을 거의 보질 못했어요. 대개 실험실로 드나드시거든요."

집사가 대답했다.

"알겠네. 그럼 잘 있게, 풀."

"안녕히 가십시오, 변호사님."

어터슨 변호사는 아주 무거운 마음으로 집으로 향하며 생각했다.

'불쌍한 헨리 지킬, 아무래도 그 친구가 곤경에 빠진 모양이야! 젊었을 때 제멋대로 굴더니. 물론 아주 오래전 일이긴 하지만 신의 법칙에는 공소 시효가 없는 법이지. 맞아, 분명 그때문일 거야. 옛날에 저지른 죄의 망령이, 감춰진 치욕의 암덩어리가 나타난 거야. 오래전 기억에서 잊히고 스스로도 용서한 과거의 실수에 대한 형벌이 절뚝거리며 느릿느릿 다가오고 있어.'

그 생각에 더럭 겁이 난 어터슨 변호사는 장난감 상자에서 뚜껑을 열면 용수철에 달린 인형이 튀어나오듯 자신이 옛날에 우연히 저지른 죄가 과거에서 불쑥 튀어나오지 않을까 걱정했다. 그래서 잠시 과거를 곰곰이 되짚어 보며 기억을 구석구석 전부 더듬어 나갔다. 자기 삶의 기록부를 별 두려움 없이 읽을 수 있는 사람은 거의 없을 테지만 그의 과거는 거의 흠잡을 데 없었다. 그래도 그는 자신이 저질렀던 많은 나쁜 짓들에 대하여 굴욕감을 느꼈다. 그러다가 하마터면 실제로 저지를 뻔했으나 다행히도 피해 갔던 수많은 일들이 떠올랐다. 그는 다시 기분이 풀리면서 진지하고 경건하고 감사하는 마음이 들었다. 그런 뒤 원래의 주제로 돌아가서 희망의 불꽃을 마음에 품었다.

'하이드라는 자도 자세히 조사해 보면 틀림없이 비밀이, 그 자의 모습으로 보아 아주 추악한 비밀이 나올 거야. 불쌍한 지킬이 가진 최악의 비밀도 그에 비하면 햇살과도 같을 거야. 사태를 이대로 계속 내버려 둘 순 없어. 그자가 헨리의 침대 옆에서 도둑처럼 뭔가를 몰래 훔치는 모습을 상상만 해도 오싹해지는군. 불쌍한 헨리, 잠에서 깨면 얼마나 놀랄까! 그리고 유언장 때문에 위험해. 만약 하이드란 자가 유언장이 존재한단 사실을 알게 되면 상속받고 싶어 안달이 날 거야. 그래, 내가 온 힘을 다 쏟아 열심히 노력해야 해. 만약 지킬이 그렇게 하도록 맡겨 주기만 한다면 좋을 텐데. 제발 지킬이 내게 맡겨 줘야 할 텐데.'

이런 생각을 하는 어터슨 변호사의 마음속에 다시 한 번 유언장의 기이한 조항이 투명하리만큼 또렷이 떠올랐다.

지킬 박사는 아주 느긋했다

———— ✦ ————

이 주 뒤 정말 운 좋게도 지킬 박사가 지적이고 평판이 좋으며 훌륭한 포도주를 알아보는 오랜 친구 대여섯 명을 초대해 유쾌한 저녁 식사 자리를 마련했다. 어터슨 변호사는 이래저래 시간을 끌며 다른 친구들이 모두 떠난 뒤에도 남았다. 사실 이것은 전혀 새로울 것 없는 흔한 일이었다. 지인들은 어터슨 변호사를 무척 좋아했다. 주인들은 가볍고 수다스러운 자들이 모두 돌아가고 난 뒤에도 이 무뚝뚝한 변호사를 붙들어두고 싶어 했다. 주인들은 쾌활한 분위기를 유도하기 위해 꽤나 긴장하며 기운을 소진했기 때문에 주제넘게 나서지 않는 어터슨 변호사와 함께 앉아 잠시 그의 깊은 침묵 속에서 호젓함을 느끼고 마음을 차분하게 가라앉히는 것을 좋아했다. 지킬 박사도 이런 규칙에서 예외는 아니었다. 난롯불 맞은편에 앉아 있는 지킬 박사는 쉰 살에 몸집이 크고 균형 잡힌 몸매를 하고 있었다. 그리고 수염 없는 얼굴에 살짝 비밀스런 분위기를 풍겼지만 도량이 넓고 친절했다. 그의 표정에는 어터슨 변호사에 대하여 진심에서 우러난 따뜻한 애정이 여실히 드러났다.

"지킬, 자네와 이야기를 할 수 있길 기다렸다네. 자네 유언장에 대한 이야기일세."

어터슨 변호사가 말을 꺼냈다.

주의 깊은 관찰자라면 이것이 불쾌한 주제라는 사실을 알아차렸을 것이다. 하지만 지킬 박사는 아무 내색하지 않고 그 이야기를 기분 좋게 받아 주었다.

"불쌍한 내 친구 어터슨, 나처럼 까다로운 고객을 두다니 자넨 참 운이 없네. 내 유언장 때문에 자네처럼 고민하는 사람은 처음이야. 나의 과학 이론을 과학적 이설이라고 부르며 원리 원칙만 따지는 완고한 그 인간 래니언을 제외하고는 말일세. 오, 래니언이 좋은 친구란 건 잘 아니까 그렇게 눈살을 찌푸릴 것 없네. 래니언은 훌륭한 친구고 난 늘 그를 더 자주 만나고 싶어. 하지만 그럼에도 불구하고 그 친구는 지나치게 규칙에 얽매이는 융통성 없는 인간이야. 무지하고 심하게 규칙에 얽매이는 고집불통이지. 래니언만큼 실망스런 사람은 없었네."

"자넨 내가 그것에 전혀 찬성하지 않았단 사실을 알 걸세."

어터슨 변호사는 지킬 박사가 꺼낸 화제를 가차 없이 묵살하며 자기 할 말을 계속했다.

"그것이라면 내 유언장 말인가? 그래, 아주 잘 알지. 자네가 그렇게 말했으니."

지킬 박사가 조금 날카롭게 말했다.

"그 이야기를 또 하고자 하네. 하이드라는 젊은이에 대해 뭔가를 알게 됐거든."

지킬 박사의 커다랗고 잘생긴 얼굴은 입술까지 새파래지고 눈가에는 어둠이 드리워졌다.

"더 이상 듣고 싶지 않네. 이 문제에 대해서는 더 이상 얘기하지 않기로 이미 예전에 합의했었지 않나?"

"꺼림칙한 말을 들어서 그러네."

"그렇다고 바뀔 건 없어. 자넨 내 입장을 이해하지 못하네."

지킬 박사가 다소 조리에 맞지 않게 대꾸했다.

"어터슨, 난 고통스런 상황에 처해 있네. 내가 처한 상황이 아주 묘해. 정말로 기이하단 말일세. 말로 해결될 문제가 아니야."

"지킬, 자넨 내가 신뢰할 수 있는 사람이란 걸 알잖아. 비밀로 할 테니 무슨 일인지 남김없이 털어놓아 보게. 틀림없이 자네가 그 문제에서 벗어나는 데 도움이 될 걸세."

"착한 내 친구 어터슨, 이렇게 신경 써 줘서 고맙네. 정말로 고마워. 얼마나 고마운지 말로는 표현하기 힘드네. 난 세상 어느 누구보다 자네를 전적으로 신뢰해. 그래, 자네와 나 둘 중에서 선택하라면 난 나 자신보다 자네를 믿어. 하지만 그 일은 자네가 상상하는 그런 일이 아냐. 그렇게 나쁜 일이 아니네. 자네의 착한 마음을 안심시키기 위해 한마디 하겠네. 내가 그러려고 마음만 먹으면 난 얼마든지 하이드를 떨쳐 버릴 수 있어. 그 점에 대해서는 자네에게 약속하네. 다시 한 번 고마워. 어터슨, 짧게 한마디만 더 부탁하겠네. 분명 자네가 기분 좋게 받아들일 것이라고 믿어. 이 일은 개인적인 일이니까 부디 신경 쓰지 말아 줬으면 좋겠네."

어터슨은 난롯불을 바라보며 잠시 생각에 잠겼다.

"자네 말이 전적으로 맞을 거라고 믿네."

어터슨이 마침내 일어섰다.

"그런데 말일세. 기왕에 이 문제에 대해 언급한 김에 마지막으로 자네가 이해해 줬으면 하는 게 하나 더 있네. 난 불쌍한 하이드에게 정말로 대단히 관심이 많다네. 자네가 하이드를 만났다지. 하이드에게서 들었네. 하이드가 자네에게 무례하게 굴지는 않았는지 모르겠군. 하지만 난 그 청년에게 진심으로 지대한 관심을 갖고 있다네. 그러니 어터슨, 내가 없어지더라도 자네가 그 친구를 끝까지 참아 주고 그 친구의 권리를 찾아 주겠다고 약속해 주겠나? 자네가 사정을 다 안다면 분명 그래 줄 거라 생각하네. 자네가 그러겠노라고 약속해 준다면 내 마음에서 무거운 짐 하나를 내려놓을 수 있을 것 같네만."

"도저히 그자를 좋아하게 될 것 같지 않아."

어터슨 변호사가 말했다.

"그를 좋아해 달라는 게 아니야. 그저 공정하게 처리해 주길 바라는 거네. 내가 더 이상 이 세상에 없을 때 나를 봐서 그 친구를 도와 달라는 것뿐일세."

지킬이 어터슨의 팔에 손을 올려놓으며 간청했다.

어터슨의 입에서 절로 한숨이 새어 나왔다.

"그래, 약속하지."

커루 살인 사건

— ❧ —

그로부터 일 년쯤 뒤인 18××년 10월, 런던은 잔인무도한 범죄로 충격에 휩싸였고 피해자의 높은 지위 때문에 사건은 더욱더 주목받았다. 알려진 내용은 얼마 되지 않았지만 그것만으로도 놀라웠다. 강가에서 멀지 않은 집에 혼자 사는 하녀가 밤 열한 시경 잠을 자러 위층으로 올라갔다. 한밤중에는 도시 전체에 안개가 자욱하게 드리웠지만 이른 밤 무렵에는 구름 한 점 없었고 하녀의 방 창문에서 내려다보이는 골목길은 보름달이 훤히 비추고 있었다. 하녀는 낭만적인 성향이 있었던 모양인지 창문 바로 아래에 놓인 상자에 앉아 꿈결 같은 상상의 나래로 빠져들었다. 그녀는 그 순간처럼 세상 사람들에게 평온한 마음이 들거나 세상이 다정하게 여겨졌던 적이 결코 한 번도 없었다(그녀는 그 경험을 이야기할 때면 눈물을 흘리며 말하고는 했다.). 그렇게 앉아 있던 그녀의 눈에 백발의 멋진 노신사가 골목길을 걸어오는 모습이 보였다. 아주 작은 또 다른 신사가 노신사에게 다가가고 있었는데 그녀는 그 신사에게 별로 주의를 기울이지 않았다. 이야기를 나눌 수 있는 거리만큼 가까워지자(바로 그곳은 하녀의 눈 밑이었다.) 노신사가 다른 신사에게 머리를 숙여 인사하고 아주 정중한 태도로 말을 걸었다. 별로 중요한 이야기 같아 보이지 않았는데 노신사가 손으로 방향을 가리키는 것으로 보아 그냥 길을 묻고 있는 것처럼 보이기도 했다. 달빛이 이야기를 하고 있는 노신사의 얼굴을 비췄는데 하녀는 노신사의 얼굴을 바라보는 게 좋았다. 노신사의 얼굴은 순수하면서도 고풍스러웠고 다정한 성향이 엿보이면서 충분히 그럴 만한 자기만족에서 우러난 고귀한 인상을 풍겼다. 곧 하녀의 시선이 다른 신사에게로 향했는데 하이드임을 알아보고 깜짝 놀랐다. 하이드는 언젠가 그녀의 주인을 방문한 적이 있는 남자로 그녀는 하이드에게 혐오감을 갖고 있었다. 그는 손에 무거운 지팡이를 들고 만지작거리고 있었는데 대답은 한 마디도 하지 않고 조바심 가득한 표정으로 노신사의 말을 듣고 있는 것 같았다. 그러더니 갑자기 그가 불같이 분노를 터뜨렸고 발을 구르고 지팡이를 휘두르며 하녀의 표현을 빌자면 미친 사람처럼 날뛰었다. 노신사가 한 걸음 뒤로 물러나며 무척 놀라기도 하고 살짝 기분이 상하기도 한 태도를 취했다. 그러자 하이드가 완전히 자제심을 잃고 노신사를 지팡이로 때려 바닥에 쓰러뜨렸다. 그리고 다음 순간 유인원처럼 격분하여 피해자를 짓밟고 지팡이로 마구 내리쳤는데 아래에서 뼈가 부서지는 소리가 들리더니 신사의 몸이 큰길로 튕겨 나갔다. 그 끔찍한 광경과 소리에 하녀는 기절하고 말았다.

두 시가 되어서야 하녀가 의식을 되찾고 경찰에 신고를 했다. 살인자는 오래전에 자리를 떴고 피해자는 엄청나게 짓이겨진 채 길 한가운데에 쓰러져 있었다. 범행 도구로 쓰인 지팡이는 아주 단단하고 묵직했으며 희귀한 나무로 만들어진 것이었지만 얼마나 잔혹하게 휘둘러 댔던지 그만 그 힘을 견디지 못하고 가운데가 부러져 두 동강이 나서 한쪽은 근처 하수구에 굴러떨어졌고 나머지 한쪽은 살인자가 들고 간 듯했다. 피해자에게서 지갑과 금시계가 나왔지만 명함이나 신분증은 없었고 다만 노신사가 우체국에 가던 길이었는지 봉인을 하고 우표를 붙인 봉투가 하나 나왔다. 거기에는 어터슨의 이름과 주소가 적혀 있었다.

그 봉투는 다음날 아침 어터슨 변호사가 잠자리에서 일어나기도 전에 전달되었다. 어터슨 변호사는 그 봉투를 보고 상황 설명을 듣는 순간 심각한 표정으로 입술을 삐죽 내밀었다.

"아주 심각한 일 같으니 시신을 볼 때까지는 아무 말도 않겠소. 옷을 입을 때까지 기다려 주시겠소?"

그러고는 계속 심각한 표정을 한 채 서둘러 아침 식사를 마친 뒤 마차를 타고 시신을 옮겨 놓은 경찰서로 향했다. 그는 시체 안치실로 들어서자마자 고개를 끄덕였다.

"예, 누군지 아는 분이오. 유감스럽게도 댄버스 커루 경이로군요."

"맙소사, 어떻게 이런 일이 일어났단 말입니까?"

경찰관이 소리쳤다. 그리고 다음 순간 직업적인 공명심에 사로잡혀 그의 눈에 불이 켜졌다.

"대단히 떠들썩한 사건이 되겠군요. 저희가 범인을 잡을 수 있도록 변호사님께서 협조를 해 주시면 감사하겠습니다."

그러면서 그는 하녀가 목격한 장면을 간략하게 설명하고 부러진 지팡이를 보여 주었다.

어터슨은 이미 하이드란 이름이 나왔을 때부터 혹시나 하고 움찔했지만 자기 앞에 놓인 지팡이를 보는 순간 더 이상 의심의 여지가 없었다. 부러지고 망가졌지만 그건 분명히 자신이 여러 해 전에 헨리 지킬에게 직접 선물했던 바로 그 지팡이였던 것이다.

"하이드란 자가 몸집이 작다고 하던가요?"

어터슨이 물었다.

"하녀 말로는 유달리 작고 유난히 사악해 보인다더군요."

경찰관이 대답했다.

어터슨은 잠시 생각에 잠겼다가 고개를 들며 말했다.

"내 마차를 타고 나와 함께 가시겠소? 그자의 집으로 데려다 드릴 테니."

그때가 오전 아홉 시경이었는데 그 계절 들어 처음으로 안개가 자욱하게 끼어 있었다. 거대한 초콜릿색 장막이 하늘에 낮게 드리워져 있었지만 바람이 계속 휘몰아치며 수증기의 장막을 포위해 걷어 내고 있었다. 마차가 이 거리에서 저 거리로 기듯이 나아가는 동안 어터슨은 어슴푸레한 빛이 경탄할 만큼 다양한 모습과 색조로 변하는 광경을 지켜보았다. 이쪽에서는 늦저녁만큼 어둑어둑했지만 저쪽에서는 마치 큰 불이 난 것처럼 선명하게 타오르는 갈색빛을 드리웠다. 그러다 잠시 안개가 싹 걷히면 소용돌이치는 구름 사이로 가느다란 한 줄기 아침 햇살이 흘끗 비치곤 했다. 이처럼 시시각각 변화하는 희미한 빛 속에서 본 소호의 음산한 거리는 진창길과 그 길을 오가는 깔끔하지 못한 행색의 행인들, 한 번도 꺼진 적이 없었거나 어둠의 재침략에 맞서 다시 새롭게 불을 밝힌 가로등들로 인해 어터슨 변호사의 눈에는 악몽에나 나올 법한 어느 도시의 뒷골목처럼 보였다. 가뜩이나 머릿속도 우울한 생각으로 가득한데 마차를 같이 타고 가는 동행을 흘끗 보자 법과 법을 집행하는 경찰관에 대한 두려움까지 엄습했다. 때로는 가장 무고

한 사람도 공격할지 모르는 게 법과 법을 집행하는 경찰관 아니던가.

마차가 목적지에 멈췄을 즈음에는 안개가 조금 걷혀서 우중충한 거리, 천박하게 꾸민 술집, 싸구려 프랑스 식당, 심심풀이 탐정 소설과 값싼 샐러드를 파는 구멍가게가 눈에 들어왔다. 건물 출입구마다 누더기를 걸친 아이들이 잔뜩 웅크린 채 모여 앉아 있었고, 다양한 국적의 곤드레만드레한 여자들이 손에는 열쇠를 들고 해장술을 마시러 가고 있었다. 다음 순간 엄버(*암갈색 광물 안료.)처럼 짙은 갈색 안개가 다시 거리에 내려앉으며 보기 흉한 배경을 가렸다. 이곳이 바로 헨리 지킬이 끔찍이 아끼는 자, 25만 파운드를 상속받을 남자가 사는 곳이었다.

상앗빛 피부의 은발 노파가 문을 열었다. 노파는 사악한 얼굴을 위선으로 감추고 있었지만 태도는 공손했다.

"예, 하이드 씨 댁이 맞습니다만 지금은 안 계십니다. 어젯밤 아주 늦게 집에 들렀다가 한 시간도 되지 않아 다시 나가셨어요. 그런데 그건 특별할 것도 없는 일이에요. 습관이 몹시 불규칙해서 자주 집을 비우시죠. 예를 들면 어제 하이드 씨를 본 것도 거의 두 달 만이었어요."

"잘 알겠소. 그러면 그의 방이라도 좀 봤으면 하오."

어터슨 변호사가 말하자 노파가 안 된다고 딱 잘라 말하려

했다.

"이분이 누군지 밝히는 게 좋겠군. 이분은 런던 경찰청의 뉴커먼 경감님이시오."

그가 덧붙여 말하자 노파의 얼굴에 밉살스럽게 반색하는 표정이 드리웠다.

"아! 그분이 문제를 일으켰군요! 무슨 짓을 저질렀습니까?"

어터슨과 경감은 눈짓을 주고받았다.

"그자는 그다지 인기 있는 사람은 아닌 것 같군."

경감이 평했다.

"자, 할머니. 나와 이 신사분이 집을 좀 둘러봐야겠소."

노파 말고는 아무도 살지 않는 집에서 하이드는 방 두 개만을 사용하고 있었는데 그 방들은 호화롭고 세련된 취향의 가구들로 꾸며져 있었다. 벽장은 포도주로 가득했고 접시는 은제였으며 식탁보와 냅킨은 고상했다. 벽에는 어터슨이 짐작하기에 그림에 일가견이 있는 헨리 지킬의 선물인 것으로 보이는 훌륭한 그림이 걸려 있었다. 그리고 카펫은 여러 겹으로 되어 푹신하면서도 보기 좋은 색상이었다. 하지만 그 방들 곳곳에는 최근에 다급하게 뒤진 흔적이 역력했다. 호주머니가 뒤집힌 옷가지들이 바닥에 널려 있고 자물쇠가 달린 서랍들이 열려 있었으며 난로에는 많은 종이를 태웠는지 회색 재가 수북이 쌓여 있었다. 경감이 잿더미를 뒤져 타다 만 초록색 수표

책 조각을 찾아냈다. 부러진 지팡이의 나머지 반쪽은 문 뒤에서 발견되었고 이로써 경감은 그의 혐의를 확정짓고 흡족해했다. 은행을 찾아가 살인자의 계좌에 수천 파운드가 있음을 확인하고는 그의 만족감이 완전해졌다.

"변호사님, 걱정 마십시오. 그자는 제 손안에 있습니다. 그자가 분별력을 잃은 게 분명합니다. 그렇지 않다면 지팡이를 놔두고 가지도 않았을 것이고 무엇보다 수표책을 태우지 않았을 겁니다. 돈은 그자에게 목숨이나 다름없어요. 우리는 은행에서 그자를 기다리면서 수배 전단이나 나눠 주면 됩니다."

경감이 어터슨 변호사에게 말했다.

하지만 수배 전단을 만드는 일은 수월하지가 않았다. 하이드를 아는 사람이 거의 없었는데 나이 든 하녀조차도 그를 두 번밖에 보지 못했기 때문이다. 그의 가족은 어디에서도 찾을 수 없었고 그는 사진을 찍은 적도 전혀 없었으며 그의 모습을 설명할 수 있는 극소수의 사람들조차 일반적인 관찰자가 으레 그렇듯 서로 제각각 설명이 달랐다. 하지만 그들의 의견은 단 한 가지에 있어서만은 일치했는데 그건 바로 그 도망자가 남긴 인상이었다. 그것은 그들의 뇌리에서 지워지지 않을, 표현하기 힘든 기형의 느낌이었다.

편지 사건

―― ❖ ――

늦은 오후에 어터슨 변호사는 지킬 박사의 집을 찾아갔다. 풀이 곧바로 그를 안으로 들였고 부엌을 지나 한때는 정원이었던 마당을 건너 보통은 실험실 또는 해부실로 알려진 건물로 안내했다. 지킬 박사는 유명한 외과 의사의 상속자에게서 이 집을 사들인 뒤 해부보다 화학을 선호하는 자신의 취향에 맞춰 정원 아래쪽에 있는 건물의 용도를 바꿨다. 어터슨 변호사가 자기 친구의 집에서 이 건물 쪽으로 안내된 것은 처음이었다. 그는 창문이 없는 우중충한 건물을 호기심 어린 눈으로 쳐다보았고 계단식 해부 강의실을 지날 때는 왠지 모를 낯선 불쾌감에 주위를 둘러보았다. 그곳은 한때 열정적인 학생들로 가득했으나 지금은 황량하고 적막했으며 탁자들 위에는 화학 기구들이 놓여 있었다. 바닥에는 나무 상자가 널려 있었으며

포장용 짚이 어질러져 있었고 천장의 작고 둥근 채광창을 통
해 흐릿한 빛이 들어왔다. 해부 강의실 안쪽 끝에 있는 계단을
올라가자 빨간 모직 천을 씌운 문이 보였고 그 문을 지나자 마
침내 지킬 박사의 서재가 나타났다. 그곳은 유리로 된 진열장
들이 죽 세워져 있는 커다란 방이었는데 다른 여러 가구들 사
이에 전신 거울과 사무용 책상도 갖춰져 있었고 쇠창살을 덧
댄 먼지 자욱한 창문 세 개가 안마당 쪽으로 나 있었다. 벽난
로에 불이 피워져 있었고 집 안까지 안개가 자욱하게 스며들
기 시작해 굴뚝 선반의 등이 켜져 있었다. 그리고 그곳 벽난
로 가까이에 병색이 완연한 지킬 박사가 앉아 있었다. 지킬 박
사는 손님을 맞으려고 일어나지도 못하고 차가운 손을 내밀며
달라진 목소리로 인사를 건넸다.

"자네, 소식 들었나?"

풀이 나가자마자 어터슨이 물었다.

지킬 박사가 몸서리를 쳤다.

"사람들이 광장에서 큰 소리로 떠들어 대더군. 그리고 우리
집 식당에서도 사람들이 말하는 소리를 들었네."

"한 마디만 하겠네. 커루는 내 고객이었고 자네도 마찬가지
일세. 그러니 일이 어떻게 돌아가는지 알아야겠네. 자네, 설마
그자를 숨겨 줄 정도로 정신이 나가진 않았겠지?"

"어터슨, 하느님께 맹세하겠네."

지킬 박사가 외쳤다.

"하느님께 맹세코 절대 다시는 그자를 만나지 않겠어. 자네에게 내 명예를 걸고 말하겠네. 이 세상에서 이제 그자와는 끝이라고. 모두 끝났어. 그리고 사실 그자는 내 도움을 바라지도 않아. 자네는 나만큼 그를 알지 못하네. 그는 위험하지 않아. 절대 해를 끼치지 않을 거야. 내 장담하는데 그자에 관한 얘기를 듣는 일은 다시는 없을 걸세."

그 말을 듣고 있자니 어터슨 변호사는 마음이 침울해졌다. 그는 자기 친구가 지나치게 열을 내는 모습이 마음에 걸렸다.

"지킬, 자네는 그자에 대해 대단히 확신하는 모양이군. 자네를 위해서라도 자네의 말이 맞기를 바라네. 사건이 재판에 회부되면 자네 이름이 거론될지도 몰라."

"그래, 아주 확신하네. 어느 누구에게도 말할 수 없지만 내게는 그렇게 확신할 만한 근거가 있어. 하지만 자네의 자문을 구해야 할 일이 한 가지 있네. 내가 편지를 한 통 받았는데 그 편지를 경찰에 보여 줘야 할지 모르겠어. 어터슨, 자네가 현명하게 판단하리라 믿고 그 편지를 자네에게 맡기겠네. 나는 자네를 굉장히 신뢰해."

"그 편지 때문에 그자가 잡힐까 봐 두려운 건가?"

어터슨 변호사가 물었다.

"아닐세. 하이드가 어찌 되든 난 상관없네. 그자와는 이미 끝났으니까. 이 끔찍한 일로 내 인격에 흠이 날까 봐 그러네."

어터슨이 잠시 생각에 잠겼다. 친구의 이기심에 놀라기는 했지만 한편으로는 그래서 오히려 마음이 놓였다. 마침내 어터슨이 대답했다.

"그래, 그렇다면 그 편지를 보여 주게."

편지는 이상하리만치 또박또박한 글씨로 쓰여 있었는데 '에드워드 하이드'라는 서명이 있었다. 편지에는 아주 간략하게 자신의 은인인 지킬 박사가 오랫동안 한없는 아량을 베풀어 줬는데 자신은 전혀 보답하지 못했으며 자신은 믿을 만한 탈출 방법을 마련해 뒀으니 자신의 안전에 대해서는 전혀 걱정할 필요가 없다고 적혀 있었다. 어터슨 변호사는 이 편지가 무척 마음에 들었다. 둘 사이가 그의 생각만큼 친밀하지 않은 것 같아 오히려 친구를 의심했던 자신이 부끄러웠다.

"봉투도 가지고 있나?"

어터슨 변호사가 물었다.

"태워 버렸네. 아무 생각 없이 말이야. 하지만 우체국 소인은 없었네. 그 짧은 편지는 인편으로 왔거든."

"내가 이 편지를 가져가 하룻밤 더 곰곰이 생각해 봐도 되겠나?"

"자네가 내 대신 전적으로 판단해 줬으면 좋겠네. 난 이제 나 자신에 대한 자신감을 잃었다네."

지킬 박사가 대답했다.

"그래, 곰곰이 생각해 보겠네. 그리고 한 가지 더 물어볼 게 있네. 자네 유언장에 자네가 실종되었을 시의 조항을 받아쓰게 한 자가 바로 하이드인가?"

지킬 박사는 기절할 것처럼 현기증이 와락 몰려드는 것 같았다. 그는 입을 굳게 다문 채 고개만 끄덕였다.

"그럴 줄 알았네. 그자는 자네를 살해할 작정이었어. 자네는 천만다행으로 위기를 모면한 거야."

"난 그보다 훨씬 더 유익한 것을 얻었네."

지킬 박사가 진지하게 대꾸하며 말을 이어 갔다.

"바로 교훈을 얻었지. 오, 맙소사. 어터슨, 정말 엄청난 교훈이야!"

그러면서 지킬 박사는 잠시 두 손에 얼굴을 파묻었다.

어터슨 변호사는 나가는 길에 잠깐 멈춰 풀과 이야기를 한두 마디 나눴다.

"이보게, 오늘 편지가 인편으로 왔다던데 편지를 가져온 사람이 어떻게 생겼던가?"

하지만 풀은 우편 말고는 아무것도 오지 않았다고 확신에 차 대답했다.

"그것도 광고 우편물뿐이었습니다."

그 얘기에 어터슨 변호사는 다시 불안감에 휩싸였다. 분명히 그 편지는 실험실 문을 통해 곧장 전달되었을 것이다. 아니면 서재에서 바로 쓰였을 수도 있다. 만약 그렇다면 다른 각도에서 좀 더 신중하게 접근해야 할 문제였다. 밖으로 나가니 신문 파는 소년들이 인도를 따라 지나가며 쉰 목소리로 외치고 있었다.

"호외요! 호외! 충격적인 하원 의원 살인 사건이오!"

그것은 그의 친구이자 고객의 부고였다. 그는 또 다른 친구의 명성도 추문의 소용돌이에 휩쓸려 버리지 않을까 덜컥 두려워졌다. 아무튼 이제 그는 까다로운 결정을 내려야 했다. 그는 본래 자립적인 사람이었지만 누군가의 조언을 듣고 싶은 마음이 간절해지기 시작했다. 직접적으로 대놓고 물어보지는 못해도 넌지시 물으면 조언을 얻어 낼 수 있을 것 같았다.

얼마 뒤 그는 자신의 집 난롯가에 앉아 있었다. 사무장 게스트가 그의 맞은편에 서 있었고 난롯불에서 알맞게 떨어진 거리에는, 그의 집 지하실에서 오랫동안 햇빛을 보이지 않고 놔뒀던 특별한 포도주 한 병이 놓여 있었다. 흠뻑 젖은 도시 위로 여전히 안개가 날아다니며 드리워져 있었고 가로등이 석류석처럼 희미하게 빛나고 있었다. 자욱하게 내려앉은 안개에 덮이고 눌린 큰길에서는 도시의 삶이 강력한 바람 같은 굉음을 내며 계속되고 있었다. 하지만 그 방 안은 난로의 불빛으로 생기가 넘쳤다. 병 속의 포도주는 오래전에 신맛이 사라졌고 황제의 색(*로마 황제가 자주색 옷을 입던 데서 비롯된 표현으로 황제의 색이란 자주색을 말한다.) 또한 스테인드글라스의 색상이 점점 깊어지듯 세월이 지나면서 부드러워져 있었다. 언덕 비탈의 포도밭에 내리쬐는 뜨거운 가을 오후 햇살이 금방이라도 퍼져 나가 런던의 안개를 흩어 버릴 것만 같았다. 어터슨 변호사는 자신도 모르게 서서히 마음이 누그러졌다. 그는 사무장 게스트에게 비밀이 거의 없었는데 실은 비밀로 하려고 해도 그러지 못했던 적이 많았다. 게스트는 자주 지킬 박사의 집에 업무를 보러 다녀오곤 해서 풀과 잘 아는 사이였으니 하이드가 지킬 박사와 친밀하다는 얘기를 못 들었을 리가 없었을 테고 그럼 뭔가 결론을 끌어낼 수 있을지도 몰랐다. 그러니 수수께끼를 풀어 줄 이 편지를 그에게 보여 주는 게 낫지 않을까? 그리고 무엇보다도 게스트는 필체를 연구하는 훌륭한 학생이자 감정가니까 편지를 살펴보는 것을 당연하고도 필수적인 단계로 여기지 않을까? 게다가 사무장은 법률 상담을 하는 사람이었다. 이토록 이상한 편지를 읽고 한마디 의견을 제시하지 않을 리가 없으니 그의 의견을 토대로 어터슨은 앞으로 어떻게 해야 할지를 정할 수 있을 것이다.

"댄버스 경의 일은 참으로 애석하게 됐어."

어터슨이 말했다.

"예, 정말로 그렇습니다, 변호사님. 그 사건은 대중들의 분노를 불러일으켰어요. 그자는 필시 미친놈일 겁니다."

게스트가 대꾸했다.

"그 문제에 대한 자네의 의견을 듣고 싶네. 여기 그자가 손으로 쓴 편지가 있네. 이 편지를 어떻게 처리해야 할지 잘 모르겠으니 일단 우리끼리만 아는 걸로 하세. 잘해 봤자 꺼림칙한 일이니까. 여기 살인자의 자필이 있네. 그건 자네 전문이니 한번 봐 주게."

게스트가 눈을 반짝이며 곧바로 자리에 앉아 열심히 편지를 살펴보았다.

"아니에요, 변호사님. 이자는 미치지 않았어요. 하지만 이상한 필체입니다."

게스트가 말했다.

"그리고 모든 것을 종합해 보면 이 필체의 주인 또한 아주 이상하지."

어터슨 변호사가 덧붙였다.

바로 그때 하인이 쪽지를 갖고 들어왔다.

"지킬 박사님에게서 온 것이지요? 지킬 박사님의 필체를 압니다. 어터슨 변호사님, 사적인 내용인가요?"

게스트가 물었다.

"그냥 저녁 식사 초대장이네. 왜? 보고 싶은가?"

"잠깐이면 됩니다. 고맙습니다, 변호사님."

게스트는 종이 두 장을 나란히 놓고 꼼꼼하게 필체를 비교했다. 이윽고 게스트는 편지를 모두 돌려주며 입을 열었다.

"잘 봤습니다, 변호사님. 아주 흥미로운 필체로군요."

그러고는 잠시 말이 끊겼고 어터슨은 조바심이 났다.

"게스트, 왜 그 둘을 비교했나?"

어터슨이 불쑥 질문을 던졌다.

"그게, 저…… 다소 기이한 유사점이 있어서요. 두 필체는 여러 면에서 동일합니다. 기울여 쓴 정도만 다르죠."

"그것 참 기묘하군."

"예, 변호사님 말씀처럼 기묘합니다."

"이 편지에 대한 이야기는 입 밖에 내지 말게나."

어터슨이 당부했다.

"예, 알겠습니다."

어터슨은 그날 밤 혼자 있게 되자마자 그 편지를 금고에 넣고 잠갔다. 그리고 그 편지는 그 후로 계속 그곳에 보관되었다.

'이런, 세상에! 헨리 지킬이 살인자를 위해 편지를 위조하다니!'

어터슨은 온몸의 피가 얼어붙는 것 같았다.

래니언 박사에게 일어난 놀라운 사건

—— ❦ ——

시간이 흘러갔다. 사람들이 마치 자신들이 당한 일처럼 댄 버스 경의 죽음에 분개했기 때문에 수천 파운드의 현상금이 내걸렸다. 하지만 하이드는 마치 처음부터 존재하지 않았던 사람처럼 경찰의 시야에서 사라졌다. 아니, 좀 더 정확히 말하자면 그의 과거에 대해서는 밝혀진 사실이 거의 없었고 그나마 알려진 것도 전부 평판이 나쁜 것들뿐이었다. 대단히 냉담하고도 난폭한 잔혹성, 비열한 생활, 같이 어울렸던 기이한 자들, 그의 행적과 관련되어 보이는 증오심에서 비롯된 여러 이야기들이 흘러나왔다. 하지만 그의 현재 행방에 대한 이야기는 조금도 없었다. 살인이 일어났던 날 아침, 소호의 집을 떠난 뒤로 그는 완전히 자취를 감춰 버렸다. 시간이 지남에 따라 어터슨은 조금씩 극도의 불안감에서 벗어나 안정을 되찾아 갔다. 그는 하이드가 사라졌으니 댄버스 경의 죽음은 어느 정도 충분히 보상받은 셈이라고 생각했다. 그자의 사악한 영향에서 벗어나자 지킬 박사는 새 삶을 시작했다. 지킬 박사는 은둔 생활에서 벗어나 친구들과의 교우를 재개하고 다시 한 번 스스럼없이 친구들 집에 초대받아 어울리기도 하고 친구들을 자기 집으로 초대하기도 했다. 자선 활동으로 유명했던 그가 이제는 신앙생활에서도 그 못지않게 유명해졌다. 분주히 돌아다니며 바깥 활동에 열심이었고 선행을 베풀었다. 마음속에 봉사 의식이 깃든 것처럼 얼굴 표정은 티 없이 맑고 밝아 보였다. 그렇게 지킬 박사는 두 달 넘게 평화로웠다.

1월 8일, 어터슨은 지킬 박사의 집에서 몇몇 친구들과 식사를 했다. 래니언도 함께했었는데 주인은 세 사람이 떨어지고는 못 사는 친구였던 옛날처럼 다정한 표정으로 두 사람을 차례로 바라보았다. 그런데 1월 12일에도, 14일에도 지킬 박사는 어터슨 변호사에게 문을 걸어 잠그고 열어 주지 않았다.

"박사님께서는 집에만 틀어박힌 채 아무도 만나지 않으셨어요."

풀이 말했다.

15일에도 찾아갔지만 또다시 거절당했다. 지난 두 달 동안 어터슨은 친구를 거의 매일 만나다시피 했던 터라 친구가 다시 은둔 생활로 돌아가자 더욱더 마음이 무거웠다. 닷새째 되던 밤에는 게스트를 불러 같이 식사했고 엿새째 되던 밤에는 래니언 박사의 집을 찾아갔다.

그곳에서는 적어도 현관문에서 출입을 거절당하지 않았지만 집 안으로 들어갔을 때 확 달라진 래니언 박사의 모습에 충격을 받았다. 래니언 박사는 사형 집행 영장을 받은 사람의 얼굴을 하고 있었다. 혈색 좋던 사람이 핏기가 하나도 없었고 살이 쭉 빠졌으며 머리카락이 눈에 띄게 빠지고 더 늙어 보였다. 하지만 어터슨 변호사의 주의를 끈 것은 급속도로 쇠약해진 신체적인 모습들보다 마음속 깊이 뿌리 내린 공포를 드러내는 듯한 눈빛과 태도였다. 어터슨 변호사는 래니언 박사가 죽음을 두려워할 것 같지는 않았지만 그래도 혹시 그럴지 모른다고 생각했다.

'그래. 이 친구는 의사야. 그러니 자신의 상태와 살날이 얼마 남지 않았단 사실을 알 거야. 그런 사실을 알기 때문에 오히려 견디기가 더 힘든 거야.'

하지만 어터슨이 안색이 좋지 않아 보인다고 말을 꺼내자 래니언 박사는 무척 담담하게 이제 자신은 죽을 때가 되었다고 밝혔다.

"충격을 받았는데 결코 회복하지 못할 것 같네. 몇 주 안 남은 것 같아. 그래, 즐거운 인생이었어. 맘에 드는 인생이었네. 그래, 그만하면 괜찮은 인생이었어. 난 가끔 생각한다네. 우리가 모든 것을 안다면 떠나는 게 더 기쁠 것이라고."

"지킬도 몸이 좋지 않네. 그 친구를 보았는가?"

어터슨이 말했다.

하지만 래니언이 안색을 바꾸며 떨리는 손을 들었다.

"난 이제 더 이상 지킬 박사를 만나고 싶지도, 그에 대한 얘기를 듣고 싶지도 않네."

래니언이 흔들리는 목소리로 크게 딱 잘라 말했다.

"그 인간하고는 완전히 끝났어. 그러니 부디 내가 죽은 것으로 여기는 자의 이야기를 꺼내지 말게."

"쯧쯧."

어터슨이 혀를 차고는 한참 동안 말을 않다가 물었다.

"래니언, 내가 뭔가 할 일이 없겠나? 우리 셋은 정말 오랜 친구지 않나. 우리가 이제 어디에서 이런 친구들을 사귀겠나?"

"자네가 할 수 있는 일은 아무것도 없네. 그 친구에게 가서 물어보게."

래니언이 대답했다.

"지킬이 날 만나려 하지 않아."

어터슨 변호사가 말했다.

"별로 놀랍지 않은 일이야. 어터슨, 언젠가 내가 죽고 난 뒤 이것이 옳은 일인지 그른 일인지 알게 될 걸세. 지금은 자네에게 아무 말도 해 줄 수 없네. 그러니 앉아서 다른 이야기를 나누세. 부탁이니 그냥 그래 주게. 하지만 이 저주받은 주제에 대해 계속 이야기해야겠거든 제발 그냥 가 주게나. 그자 얘기는 참을 수 없으니."

집으로 돌아오자마자 어터슨은 자리에 앉아 지킬에게 편지를 써서 왜 자신을 집에 들이지 않느냐고 불만을 토로했다. 그리고 래니언과 왜 그렇게 나쁜 감정으로 절교를 하게 되었는지 연유를 물었다. 다음날 어터슨은 대체로 감상적인 말이 주를 이루다가 때로는 종잡을 수 없는 내용으로 표류하는 장문의 답장을 받았다. 래니언과의 다툼은 치유가 불가능한 상태였다. 지킬의 편지에는 '나는 우리의 오랜 친구를 탓하지 않겠네만 두 번 다시 만나지 말자는 그의 의견에 동의하네. 이제부터 나는 극단적인 은둔 생활을 할 작정이네. 내 집 문이 자네에게조차 굳게 닫히더라도 놀라지 말고 내 우정을 의심하지도 말게. 내가 어두운 길로 가도 그냥 묵인하게. 나는 차마 밝힐 수 없는 형벌과 위험을 자초하고 말았네. 나는 최악의 죄인이지만 최악의 고통을 받는 사람 또한 나일세. 이토록 인간답지 못한 고통과 공포가 이 세상에 있을 줄이야 생각조차 못했네. 어터슨, 이 운명을 가볍게 덜어 주기 위해 자네가 할 수 있는 일은 오직 하나뿐이네. 그건 바로 나의 침묵을 존중하는 것이네.'라고 쓰여 있었다. 어터슨은 놀라움을 금할 수 없었다.

하이드의 어두운 영향에서 벗어나자 지킬 박사는 예전의 일과 친구에게로 돌아왔지 않았던가. 불과 일주일 전만 하더라도 앞으로 쾌활하고 명예로운 시기가 오리라는 온갖 징조로 미소 지었는데, 이제는 순식간에 우정도 마음의 평화도 그의 인생의 전체 흐름도 망가져 버렸다. 너무나 크고 전혀 예상하지 못한 변화에 지킬이 미친 게 아닐까 하는 생각도 들었지만 래니언의 태도와 이야기로 미루어 보아 뭔가 더 깊은 이유가 있는 게 틀림없었다.

일주일 뒤 래니언 박사가 앓아누웠고 이 주일도 지나지 않아 숨을 거뒀다. 장례식을 치른 날 밤 깊은 슬픔에 빠진 어터슨은 사무실 문을 걸어 잠그고 우울한 빛을 발하는 촛불 옆에 앉아 그의 소중한 친구가 직접 주소를 쓰고 봉인을 한 봉투를 꺼내 앞에 놓았다.

J. G. 어터슨이 직접 열어 볼 것 – 어터슨 본인만 열어 볼 수 있으며 그가 사망할 시 개봉하지 말고 파기할 것.

이런 글귀가 봉투 위에 강조되어 쓰여 있었고 어터슨 변호사는 봉투 속에 든 편지를 보는 게 두려웠다.

'오늘 한 친구를 땅에 묻었는데 이 편지로 인해 또 다른 친구를 잃게 된다면 어쩌지?'

그는 속으로 생각했다. 하지만 그런 두려움은 친구에 대한 불충이라고 책망하며 봉인을 뜯었다. 봉투 안에는 또 다른 봉투가 들어 있었는데 그 봉투 역시 봉인이 되어 있었고 겉에는 '헨리 지킬 박사의 사망 또는 실종 전에는 개봉하지 말 것.'이라고 쓰여 있었다. 어터슨은 자신의 눈을 믿을 수 없었다. 그랬다. 분명 실종이라고 쓰여 있었다. 여기에서 또다시, 오래 전에 주인에게 돌려줬던 말도 안 되는 유언장에서처럼 실종이라는 단어와 헨리 지킬이라는 이름이 함께 묶여 나왔다. 하지만 그 유언장에서는 실종이란 단어가 하이드의 사악한 제안에서 비롯되었고 너무나도 분명하고 끔찍한 의도로 유언장에 들어간 것이었다. 하지만 래니언의 손으로 쓴 실종이란 단어는 무슨 의미일까? 신탁 관리자인 어터슨은 강한 호기심이 일어 개봉하지 말라는 지시를 무시하고 당장 이 수수께끼의 밑바닥을 파헤치고 싶었다. 하지만 고인이 된 친구에게 직업적인 명예와 믿음을 엄중히 지켜야 했기 때문에 그 봉투를 개인 금고의 맨 안쪽 구석에 그냥 넣어 두었다.

호기심을 억누르는 것과 극복하는 것은 별개의 문제다. 그날부터 어터슨은 살아남은 친구 지킬과 다시 어울릴 수 있기를, 예전처럼 열정적으로 바라지는 못할 것 같았다. 어터슨은 지킬을 좋게 생각했지만 지킬이 하는 생각들은 불안스럽고 두려웠다. 실제로 지킬을 찾아가기도 했지만 문간에서 거절당하

64

면 오히려 안도가 되었다. 어쩌면 어터슨은 스스로 감금을 자처한 지킬의 집 안에서 속을 헤아릴 수 없는 은둔자와 함께 이야기를 나누는 것보다, 탁 트인 도시의 공기와 소음에 둘러싸인 채 문간에서 집사 풀과 이야기하는 것이 더 좋았는지도 모른다. 사실 풀이 전해 주는 소식도 썩 유쾌하지는 않았다. 지킬 박사는 이제 그 어느 때보다 더욱 실험실 위의 서재에 틀어박혀 지내면서 어떤 때는 잠도 그곳에서 자는 모양이었다. 의기소침하고 말도 거의 하지 않고 책도 읽지 않으며 뭔가 크게 마음에 걸리는 일이 있는 것처럼 보인다고 했다. 계속 찾아가도 늘 똑같은 소식뿐인지라 어터슨이 지킬의 집을 방문하는 횟수도 점차 줄어 갔다.

창가에서 있었던 일

어느 일요일 어터슨은 엔필드와 일요일이면 늘 하는 산책길에 다시 한 번 그 골목길로 접어들게 되었다. 두 사람은 그 문 앞에 이르자 걸음을 멈추고 문을 바라보았다.

"음, 아무튼 그 이야기는 끝난 모양입니다. 더 이상 하이드란 자를 볼 일은 없겠죠."

엔필드가 말했다.

"그랬으면 좋겠네. 내가 말했던가? 나도 그자를 한 번 봤는데 자네처럼 혐오감을 느꼈다고."

어터슨이 말했다.

"그자를 보고 그렇게 느끼지 않는 사람은 없을 겁니다."

엔필드가 대답했다.

"그건 그렇고 이 문이 지킬 박사의 집 뒷문이란 걸 몰랐다니 변호사님이 저를 얼마나 멍청한 놈으로 생각했겠습니까!
하지만 그렇게 된 데에는 부분적으로 변호사님 잘못도 있어
요."

"그래, 자네도 알게 되었나 보군. 만약 그렇다면 안마당으
로 들어가서 창문이나 살펴보세. 사실 난 불쌍한 지킬, 그 친
구가 걱정스럽다네. 비록 밖에서라도 친구와 마주치게 된다면
그에게 도움이 되지 않겠나."

안마당은 무척 쌀쌀하고 약간 축축했다. 머리 위 저 높은
곳의 하늘은 저녁놀로 아직 밝았지만 안마당은 조급하게 땅거
미가 내려앉아 어스레했다. 세 개의 창문 중에서 가운데 창문
이 반쯤 열려 있었는데 그 창문 가까이에 앉아 참담한 죄수처
럼 헤아릴 수 없는 슬픔에 잠긴 표정으로 바람을 쐬고 있는 지
킬 박사의 모습이 어터슨의 눈에 들어왔다.

"이보게! 지킬! 몸은 좀 괜찮아졌나?"

"어터슨, 난 기운이 없어. 기운이 하나도 없다네. 하지만 다
행히도 오래갈 것 같진 않아."

지킬이 쓸쓸하게 대답했다.

"너무 집 안에만 있어서 그래. 밖으로 나와서 엔필드와 나
처럼 혈액 순환도 시키고 그래야 해. 이쪽은 내 친척인 엔필드
일세. 엔필드, 저쪽은 지킬 박사네. 당장 나오게. 모자를 쓰고
우리와 함께 빨리 한 바퀴 돌아보세."

"자넨 참 좋은 친구야."

지킬이 한숨을 쉬고는 말을 이어 갔다.

"나도 정말로 그러고 싶네만 안 되겠네. 안 돼, 안 되겠어. 그건 정말 불가능해. 못하겠네. 하지만 어터슨, 자네를 만나서 실로 대단히 기쁘다네. 참으로 반가워. 자네와 엔필드 씨에게 이리 올라오라고 하고 싶지만 방 안이 엉망이라 그러지 못하겠네."

"그렇다면 여기 아래에서 선 채로 자네와 이야기를 하는 것이 가장 좋겠군."

어터슨 변호사가 마음씨 곱게 말했다.

"그렇지 않아도 미안하지만 그러자고 할 참이었다네."

지킬이 미소지으며 대꾸했다. 하지만 그 말을 하기가 무섭게 얼굴에서 미소가 사라지면서 극도로 비참한 공포와 절망의 표정이 그 자리를 대신했다. 아래의 두 신사는 오싹 소름이 끼쳤다. 창문이 바로 닫혀 버려 그 표정을 아주 잠깐 봤을 뿐이지만 그 잠깐만으로도 충분했다. 그들은 돌아서서 한 마디 말도 없이 안마당을 떠났다. 그들은 침묵 속에서 골목길을 가로질러 걸어갔고 일요일에도 여전히 사람들로 붐비는 근처의 큰 길로 나왔다. 그제서야 어터슨은 동행 쪽으로 돌아서서 그를 바라보았다. 두 사람 모두 창백했으며 눈동자 속에는 똑같은 공포가 자리하고 있었다.

"세상에! 하느님 맙소사!"

어터슨 변호사가 나지막이 토해 냈다.

하지만 엔필드는 아주 심각하게 고개를 끄덕이기만 하고 말없이 걸어갔다.

마지막 밤

━━◆◆◆━━

어느 날 저녁, 식사를 마친 뒤 난롯가에 앉아 있던 어터슨 변호사가 풀의 방문을 받고 놀랐다.

"아니, 풀. 여긴 어쩐 일인가?"

어터슨 변호사는 소리쳐 물었다가 이내 풀을 다시 쳐다보고는 덧붙여 물었다.

"무슨 일이 있나? 지킬 박사가 아픈가?"

"어터슨 변호사님, 아무래도 뭔가 잘못된 것 같습니다."

풀이 대답했다.

"일단 앉아서 포도주를 한잔 들게. 서두르지 말고 무슨 일로 왔는지 찬찬히 말해 보게나."

변호사가 말했다.

"변호사님은 지킬 박사님의 생활 방식을 잘 아실 겁니다.

얼마나 집 안에만 틀어박혀 지내시는지도요. 그런데 박사님이 또 서재에서만 두문불출하고 계십니다. 변호사님, 전 박사님이 그러시는 게 정말 싫습니다. 그걸 좋아할 사람이 어디 있겠습니까? 어터슨 변호사님, 저는 두렵습니다."

"이보게, 좀 더 분명히 말해 보게. 도대체 뭐가 두렵다는 말인가?"

"거의 일주일째 두려움에 시달리고 있어요. 더 이상 못 견디겠어요."

풀이 어터슨 변호사의 질문을 끈질기게 무시하며 계속 자기 할 말만 했다.

풀의 표정에서 그의 말이 사실이라는 게 여실히 드러났다. 태도도 갈수록 안절부절못해 보였다. 그리고 처음에 두렵다고 말했던 순간 말고는 어터슨 변호사의 얼굴을 한 번도 제대로 쳐다보지 않았다. 지금도 포도주에는 입도 대지 않고 무릎에 잔을 올려놓은 채 시선은 바닥 한구석으로 향해 있었다.

"더 이상 못 견디겠어요."

풀이 했던 말을 되풀이했다.

"그래, 자네가 그럴 만한 이유가 있겠지. 풀, 분명 뭔가 심각하게 잘못된 일이 있는 모양이군. 뭔지 말해 보게."

"살인이 일어난 것 같습니다."

풀이 쉰 목소리로 말했다.

"살인이라니!"

어터슨 변호사가 소리쳤다. 그는 상당히 두려워졌고 그래서 결과적으로 다소 초조해지기도 했다.

'살인이라니? 이자가 무슨 말을 하는 거야?'

"변호사님, 감히 말할 엄두가 나지 않으니 변호사님께서 저와 함께 가셔서 직접 보시겠습니까?"

어터슨은 대답 대신 벌떡 일어나 외투를 걸치고 모자를 썼다. 놀랍게도 집사 풀의 얼굴에 크게 안도하는 표정이 떠올랐다. 풀이 어터슨 변호사를 따라 나서려고 잔을 내려놓을 때 살펴보니 포도주에는 여전히 입도 대지 않은 것 같았다.

춥고 바람이 매섭게 몰아치는 3월다운 밤이었다. 으스름달은 마치 바람 때문에 기운 듯 비스듬히 누워 있었고 훤히 내비치는 모기장천 같은 구름 한 점이 바람에 흘러가고 있었다. 바람 때문에 이야기를 나누기 힘들었고 얼굴색이 울긋불긋해졌다. 게다가 바람이 거리를 휩쓸어 버린 것처럼 그날따라 이상하게 행인들이 없었는데, 어터슨은 런던의 이 지역에서 그렇게 인적이 끊긴 광경은 한 번도 본 적이 없었다. 어터슨은 그곳이 사람들로 붐볐으면 하고 바랐다. 살면서 그토록 강렬하게 사람들과 마주치고 스쳐 지나기를 바랐던 적은 전혀 없었다. 그러지 않으려고 아무리 애써도 크나큰 참사가 벌어졌다는 강한 예감이 들었다. 그들이 도착했을 때 그곳 광장은 온통 바람과 먼지뿐이었고 정원의 가느다란 나무들은 울타리를 따라 늘어선 채 심하게 흔들리고 있었다. 한두 걸음 앞서 가던 풀이 길 한가운데에 멈춰 서더니 살을 에는 듯한 날씨에도 불구하고 모자를 벗고 빨간 손수건으로 이마의 땀을 닦았다. 하지만 서둘러 왔음에도 불구하고 그가 닦은 땀은 몸을 많이 움직여서 난 땀이 아니라 목을 죄어 오는 듯한 괴로움으로 인한 식은땀이었다. 그의 얼굴은 하얗게 질려 있었고 목소리는 거칠게 갈라져 있었다.

"자, 변호사님, 다 왔습니다. 제발 아무 일도 없어야 할 텐데 말이죠!"

"나도 그러길 바라네, 풀."

곧바로 풀이 아주 조심스럽게 문을 두드리자 쇠줄이 걸린 채로 문이 조금 열리며 안에서 묻는 소리가 들렸다.

"집사님이세요?"

"괜찮네. 문을 열게."

풀이 대답했다.

집 안으로 들어서니 응접실에 불이 훤히 밝혀진 채 난로가 활활 지펴져 있었고 난로 주위에는 남녀 가릴 것 없이 하인들 전원이 양 떼처럼 한데 모여 서 있었다. 어터슨을 보자 가정부가 감정이 격해져 훌쩍거리기 시작했고 요리사는 "하느님 감사합니다! 어터슨 씨가 왔어요."라고 외치며 마치 그를 안으려는 듯이 앞으로 달려왔다.

"이런, 무슨 일인가? 왜 다들 여기에 모여 있나? 이러면 안 되질 않나. 보기에도 정말 좋지 않군. 자네들 주인이 무척 화가 나겠어."

어터슨 변호사가 언짢게 나무랐다.

"변호사님, 이들은 다들 두려워하고 있습니다."

풀이 말했다.

아무도 아니라고 하지 않았고 완전한 침묵이 뒤따랐다. 훌쩍거리던 하녀만이 소리 높여 목 놓아 울었다.

"닥치지 못해!"

신경이 곤두선 풀이 사나운 말투로 하녀에게 소리쳤다. 하지만 어린 하녀가 오히려 더 크게 목청껏 울자 다들 움찔하며 무시무시한 일을 예상하는 얼굴로 안쪽 문을 바라보았다. 풀이 식탁 차리는 일을 돕는 소년에게 지시를 내리며 계속 말을 이어 갔다.

"그리고 넌 촛불을 가져다 다오. 당장 이 일을 끝맺어야겠어."

그런 뒤 풀은 어터슨 변호사에게 자기를 따라오라고 부탁하며 안마당 쪽으로 앞장섰다.

"자, 변호사님, 이제 최대한 조용히 하셔야 합니다. 들키지 말고 잘 엿들으셔야 합니다. 그리고 혹시라도 안에서 변호사님에게 들어오라고 해도 절대 들어가시면 안 됩니다.”

이 예기치 못한 결말에 어터슨은 신경이 곤두서서 마음의 평정을 거의 잃었다. 하지만 용기를 다시 불러일으켜 집사를 따라 실험실 건물로 들어갔다. 나무 상자들과 병들로 어질러진 해부 강의실을 지나 계단 발치에 이르렀다. 그곳에서 풀이 한쪽에 서서 잘 들어 보라고 몸짓으로 신호를 했다. 풀이 촛불을 내려놓고 마음을 굳건히 다진 다음 계단을 올라 다소 머뭇거리며 빨간 모직 천을 씌운 서재 문을 두드렸다.

“주인님, 어터슨 변호사님께서 오셨습니다.”

풀이 큰 소리로 외쳤다. 그리고 어터슨 변호사에게 귀를 기울이라고 한 번 더 격렬하게 신호를 했다.

안에서 답하는 목소리가 들렸다.

“아무도 못 만난다고 전하게.”

불만스런 목소리였다.

“알겠습니다, 주인님.”

풀은 의기양양함이 묻어나는 목소리로 대답했다.

풀은 촛불을 다시 집어 들었고 마당을 가로질러 큰 부엌으로 어터슨 변호사를 안내했다. 부엌에는 불이 꺼져 있었고 바닥에는 딱정벌레들이 뛰어다니고 있었다.

“변호사님, 저희 주인님 목소리가 맞던가요?”

풀이 어터슨 변호사의 눈을 똑바로 쳐다보며 물었다.

"많이 변한 것 같더군."

어터슨 변호사가 무척 창백한 얼굴로 풀의 시선을 피하지 않고 마주 보았다.

"변했다고요? 그래요, 저도 그렇게 생각합니다. 제가 이 댁에 이십 년이나 있었는데 주인님 목소리 하나 모르겠습니까? 아닙니다, 변호사님. 주인님은 돌아가셨습니다. 그것도 주인님이 하느님을 크게 외쳐 부르는 소리가 들렸던 여드레 전에 말입니다. 대체 주인님 대신 저 안에 있는 사람은 누구며 왜 저기에 있는지 정말 하늘에 소리쳐 물어보고 싶습니다!"

"정말 기이한 이야기로군, 풀. 이보게, 그건 참으로 황당무계한 이야기일세."

어터슨이 손가락을 깨물며 말했다.

"자네 추측이 맞다고 가정해 보세. 그러니까 지킬 박사가…… 그래, 살해당했다고 말이야. 살인자가 뭣 때문에 계속 저 안에 있겠나? 그건 이치에 맞지 않네. 말이 안 돼."

"어터슨 변호사님은 납득시키기 힘든 분이시지만 변호사님이 납득할 수 있도록 다시 설명을 드리지요. 지난주 내내 저서재 안에 있는 게 사람인지 괴물인지(변호사님은 누굴 말하는지 아시죠.) 뭔지 몰라도 밤낮으로 무슨 약품을 구해 오라고 고함쳤지만 아직 마음에 드는 약품을 얻지는 못한 모양입니다. 때로는 주인님의 방식이긴 하지만 필요한 약품의 주문서를 써서 계단에 던져 놓기도 했습니다. 이번 주에 우리가 본 건 그런 종이들뿐이었습니다. 문은 늘 닫혀 있고 문 앞에 식사를 놔두면 아무도 보지 않을 때 몰래 안으로 들여갔습니다. 변호사님, 그자는 매일 하루에도 두세 번씩 주문서를 내놓으며 불평을 터뜨렸고 저는 부리나케 시내에 있는 모든 약품 도매상을 돌곤 했습니다. 하지만 주문서에 적힌 약품을 구해서 돌아올 때마다 약품에 불순물이 섞였다며 반품하라는 지시서와 함께 다른 약품 도매상에 낼 또 다른 주문서가 나왔어요. 변호사님, 무엇 때문에 필요한 약품인지는 몰라도 그 약품이 대단히 절실하게 필요한 모양입니다."

"그 종이들을 아직도 가지고 있나?"

어터슨이 물었다.

풀이 호주머니를 더듬어 구겨진 쪽지를 건넸고 어터슨 변호사는 촛불 가까이 몸을 기울여 그 쪽지를 자세히 살펴보았다. 쪽지의 내용은 다음과 같았다.

지킬 박사가 모우 약품상에 인사를 드립니다. 모우 약품상의 지난번 샘플에 불순물이 섞여 있어서 제가 쓰고자 하는 용도로는 사용할 수 없습니다. 18××년, 저는 귀 약품상에서 그 약품을 다량으로 구입했습니다. 정성을 들여 꼼꼼히 찾아 주시기를 부탁드리며 동일한 품질의 약품이 남아 있으면 즉시 제게 보내 주시기 바랍니다. 비용은 얼마가 들든 상관없습니다. 제게 그 약품이 얼마나 중요한지는 말로 다할 수가 없습니다.

이 부분까지는 평탄한 글씨체였지만 갑작스레 글씨체가 튀며 글쓴이의 감정이 배어 나와 '제발 예전의 그 약품 좀 찾아내란 말이오.'라고 덧붙여 놓았다.

"기이한 쪽지로군."

어터슨이 말하더니 풀에게 날카롭게 따져 물었다.

"어떻게 자네가 이 편지를 열어 보게 되었나?"

"모우 약품상 주인이 버럭 화를 내더니 그 편지를 완전히 쓰레기처럼 취급하며 제게 도로 던졌습니다."

풀이 대답했다.

"이 편지는 의심할 여지없이 지킬 박사가 쓴 것일세. 안 그런가?"

"그런 것 같다고 생각했습니다."

집사가 약간 부루퉁하니 대답했다. 그러더니 목소리를 바꿔 덧붙였다.

"하지만 필체가 누구의 것이냐는 중요하지 않아요. 제가 그자를 봤으니까요!"

"그자를 봤다고? 정말인가?"

어터슨이 되물었다.

"네, 맞습니다. 어떻게 보게 됐는지 말씀드리지요. 제가 정원에서 해부 강의실로 불쑥 들어갔을 때였습니다. 서재 문이 열려 있었고 그자가 해부 강의실 저쪽 끝에서 상자들을 뒤지고 있었던 걸 보면 그자가 약인지 뭔지를 찾으러 서재에서 몰래 빠져나왔던 모양이었습니다. 제가 해부 강의실 안으로 들어갔더니 그자가 저를 올려다보며 외마디 비명을 지르고 위층 서재로 달아났습니다. 제가 그자를 본 것은 아주 잠시뿐이었지만 제 머리털이 고슴도치 가시처럼 쭈뼛 섰습니다. 변호사님, 그자가 제 주인님이라면 왜 얼굴에 가면을 썼을까요? 그자가 제 주인님이라면 왜 생쥐처럼 비명을 지르며 저를 피해 달아났을까요? 전 아주 오랫동안 주인님을 모셔 온 사람인데 말입니다. 그리고 그때……."

풀이 잠시 이야기를 멈추고 손으로 얼굴을 어루만졌다.

"모두 아주 기이한 상황이로군. 하지만 나는 실마리가 풀리는 것 같네. 풀, 자네 주인은 분명 지독하고 괴롭게도 기형으로 변하는 병에 걸린 거야. 그래서 자네 주인의 목소리가 바뀐 것일 테고 가면을 쓰고 친구들을 피하는 게야. 그래서 그 약을 구하려고 그렇게 안간힘을 쓰는 거지. 이 불쌍한 친구가 그 약만 있으면 완쾌될 것이라는 희망을 품고 있는 거야. 그의 희망이 헛된 것이 아니어야 할 텐데! 내 생각은 그렇다네. 풀, 참으로 슬프고 생각만 해도 소름 끼치지만 말일세. 명쾌하게 자연스럽고 앞뒤가 잘 맞아 떨어지고 또한 우리가 이 모든 과도한 불안에서도 벗어날 수 있는 설명이 아닌가."

"변호사님."

집사가 새하얗게 질리며 말했다.

"그것은 주인님이 아니었습니다. 정말입니다. 제 주인님은……."

풀이 주위를 둘러보더니 목소리를 낮춰 말을 이어 갔다.

"키가 크고 체격이 좋은 분이시지만 그자는 난쟁이에 가까웠습니다."

어터슨이 반박하려 하자 풀이 울부짖었다.

"아니, 변호사님. 제가 이십 년을 모신 주인님을 몰라보겠습니까? 제 평생 매일 아침 서재 문 앞에서 주인님을 뵈었는데 제가 주인님 머리가 서재 문가 어디쯤에 닿는지 모르겠습니까? 아니에요, 변호사님. 가면을 쓴 그 녀석은 결코 지킬 박사님이 아닙니다. 그 녀석의 정체는 신만이 알겠지만 절대 지킬 박사님은 아니에요. 전 살인이 일어났다고 확신해요."

"풀, 자네가 그렇게 주장하니 내가 확인해 봐야겠군. 자네 주인의 기분을 상하게 만들고 싶진 않지만 그리고 이 쪽지를 보니 자네 주인이 아직 살아 있는 것 같아서 그러기가 좀 꺼림칙하지만 그래도 서재 문을 부수고 들어가 봐야겠네."

"변호사님, 제 말이 바로 그 말입니다!"

집사가 외쳤다.

"이제 다음 질문은 누가 그 일을 하느냐는 걸세."

"그야 물론 변호사님과 제가 해야지요."

풀이 의연하게 대답했다.

"아주 잘 말했네. 어떤 일이 있더라도 자네가 책임질 일은 없도록 하겠네."

어터슨 변호사가 말했다.

"해부 강의실에 도끼가 있습니다. 변호사님께서는 부엌의 부지깽이라도 드십시오."

어터슨 변호사는 허술하지만 묵직한 도구를 손에 들고 균형을 잡아 보았다.

"풀, 자네와 내가 곧 위험한 상황에 처할지 모른다는 사실을 잘 알고 있겠지?"

어터슨 변호사가 위를 쳐다보며 말했다.

"예, 잘 알고 있습니다."

집사가 대답했다.

"좋아, 그렇다면 우리 솔직해지세. 우리 둘 다 입 밖으로 낸 것보다 속에 담아 둔 생각이 더 많아. 우리 남김없이 다 털어놓고 이야기해 보세. 자네는 가면을 쓴 그자가 대체 누구인지 알아보았는가?"

"글쎄요, 변호사님. 그자가 워낙 빨리 지나간 데다 몸을 심하게 웅크리고 있어서 누구라고 단언하기 힘들었어요. 하지만 변호사님 말씀이 그자가 하이드였냐고 묻는 거라면 그래요, 맞아요. 그자 같았어요! 몸집이 비슷했고 잽싼 동작도 비슷했어요. 게다가 그자 말고 어떻게 다른 누군가가 실험실 문으로 들어갈 수 있겠습니까? 지난번 살인이 일어났을 때에도 그자에게 열쇠가 있었단 것 잊지 않으셨죠? 하지만 그게 다가 아닙니다. 어터슨 변호사님, 혹시 그 하이드란 자를 만난 적이 있으신가요?"

"그래. 얘기도 나눠 봤지."

"그렇다면 그자에게 뭔가 기묘한 점이 있다는 것을 저희만큼 잘 아시겠군요. 사람을 깜짝 놀라게 만드는 그런 점 말입니다. 그 느낌을 뭐라고 딱 꼬집어 말할 순 없지만 변호사님도 뼛속까지 오한이 들고 불쾌한 그런 기분을 느끼셨을 겁니다."

"나도 자네가 말한 그런 기분을 느꼈네."

"변호사님도 그러셨군요. 그런데 그 가면을 쓴 놈이 원숭이처럼 약품 사이를 뛰어 재빨리 서재로 달아날 때 저는 등골이 오싹했습니다. 그래요, 그게 증거가 될 수 없단 건 저도 잘 압니다, 어터슨 변호사님. 그 정도는 책에서 배웠습니다. 하지만 사람에겐 느낌이란 게 있지 않습니까. 성서를 걸고 맹세하는데 그건 분명 하이드 씨였습니다!"

"그래, 그랬군. 나도 자네와 똑같은 걸 걱정한다네. 악마야.

틀림없이 악마가 나타나 그 둘의 관계에 끼어든 거야. 그래, 난 자네를 믿네. 불쌍한 헨리는 살해당한 거야. 그리고 헨리를 죽인 자가(어째서 그런 건지는 신만이 아시겠지만) 아직도 헨리의 방에 숨어 있어. 자, 우리가 복수를 해 주는 거야. 먼저 브래드쇼를 부르게."

브래드쇼가 풀의 부름을 받아 하얗게 질린 얼굴로 겁에 질린 채 나타났다.

"브래드쇼, 정신 차리게. 이 일 때문에 자네들이 마음을 졸이고 있는 줄 잘 아네. 하지만 이제 우리는 이 일을 끝내려 하네. 여기 있는 풀과 내가 문을 부수고 서재로 들어갈 걸세. 서재 안에서 아무 일도 벌어지지 않았으며 자네 주인이 무사하다면 이런 소동을 벌인 데 대한 비난은 내가 모조리 짊어지겠네. 그러니까 서재 안을 확인하는 동안에 일이 잘못되지 않도록 그리고 저 악한이 뒷문으로 도망가지 못하도록 자네와 심부름하는 소년이 튼튼한 몽둥이를 들고 모퉁이를 돌아가서 실험실 문을 지키고 서 있게. 십 분을 줄 테니 어서 자네 위치로 가게."

브래드쇼가 떠나자 어터슨 변호사는 시계를 보았다.

"자, 풀. 우리도 준비하지."

어터슨은 부지깽이를 팔에 끼고 마당을 향해 앞장서 갔다. 바람에 날리는 구름이 달을 가려 꽤 어두웠다. 바람이 건물로 둘러싸인 안마당 깊숙이까지 훅 불어 들어왔고 그들의 걸음에 맞춰 촛불의 불빛이 이리저리 흔들렸다. 강의실로 들어선 두 사람은 말없이 앉아 기다렸다. 런던의 웅성거리는 소리가 사방에서 장엄하게 드리웠다. 하지만 더 가까이에서 정적을 깨는 소리라고는 서재 바닥을 이리저리 오가는 발소리뿐이었다.

"저자는 하루 종일 저렇게 걸어다녀요. 밤까지도 저래요. 약품상에서 새로운 약품 샘플이 올 때만 잠시 걸음을 멈춘답니다. 그래요, 양심이 병들었으니 쉬지 못할 수밖에요! 변호사님, 놈이 걷는 발자국마다 피비린내가 진동을 하잖습니까! 하지만 조금 더 가까이에서 다시 한 번 잘 들어 보세요. 열중해서 들어 보세요. 어터슨 변호사님, 저 발소리가 박사님의 발소리가 맞습니까?"

풀이 나직한 목소리로 말했다.

약간 흔들리는 듯 특이하게 내딛으며 아주 가볍고도 느린 발소리였다. 묵직하게 쿵쿵 울리는 헨리 지킬의 발소리와는 확실히 달랐다. 어터슨은 한숨을 쉬었다.

"이제 다른 건 더 없나?"

어터슨이 물었다.

풀이 고개를 저었다.

"한 번은 저자가 우는 소리를 들었습니다!"

"울어? 어떻게?"

어터슨 변호사가 두려움에 갑자기 오싹해진 기분으로 물었
다.

"여자나 지옥에 떨어진 영혼처럼 울었습니다. 괜스레 저까
지 울컥해져 하마터면 저도 울 뻔했습니다."

집사가 대답했다.

이제 약속했던 십 분이 다 되어 갔다. 풀이 포장용 짚 더미
아래에서 도끼를 꺼냈다. 공격할 때 불을 비춰 줄 수 있도록
촛불은 가장 가까운 탁자에 놓았다. 그들은 숨을 죽인 채 한밤
의 고요 속에서 이리저리 서성이는 발소리가 꾸준히 나는 곳
으로 다가갔다.

"지킬!"

어터슨이 큰 소리로 불렀다.

"자네를 만나야겠네."

어터슨은 말을 잠시 멈추고 기다렸지만 아무 대답이 없었
다. 다시 어터슨이 말을 이어 갔다.

"정중하게 경고하겠네. 수상쩍은 점이 있어서 자네를 꼭 직
접 봐야겠어. 수단 방법을 가리지 않을 걸세. 자네가 동의하지
않는다면 폭력을 써서라도 열고 들어갈 것이네!"

"어터슨, 제발 날 좀 내버려 두게!"

목소리가 들렸다.

"이런, 저건 지킬의 목소리가 아니라 하이드의 목소리야!

풀, 문을 부숴!"

어터슨이 소리쳤다.

풀이 어깨 위로 도끼를 휘두르자 그 충격으로 건물이 흔들렸고 붉은 모직 천을 씌운 문이 자물쇠와 경첩에 부딪쳐 덜커덕거렸다. 흡사 공포에 사로잡힌 동물이 내는 듯 섬뜩한 비명이 서재에서 울려 퍼져 나왔다. 계속해서 도끼로 내려치자 문판이 찌부러지며 불꽃이 튀어 올랐다. 나무가 단단하고 문이 아주 야무지게 꼭 끼워 맞춰져 있어서 다섯 번을 내려치고서야 자물쇠가 부서졌다. 문이 안쪽 카펫 위로 떨어져 나갔다.

자신들이 일으킨 소동과 이어지는 정적에 간담이 서늘해진 포위군들은 조금 뒤로 물러서서 서재 안을 들여다보았다. 조용한 등불에 비친 서재의 모습이 그들 눈앞에 펼쳐져 있었는데 난로에는 불이 활활 타오르며 탁탁 소리를 내고 있었고 주전자에서는 물 끓는 소리가 가늘게 나오고 있었다. 그리고 서랍이 한두 개 열려 있고 업무용 탁자에는 서류들이 정갈하게 놓여 있었으며 난로 가까이에는 차를 마시기 위한 도구들이 놓여 있었다. 더없이 평온한 방의 모습이었는데 약품들로 가득한 유리로 된 진열장이 아니었다면, 그날 밤 런던 어디서건 흔히 볼 수 있는 평범한 서재의 모습이기도 했다.

서재 한가운데에 경련을 일으키며 온몸이 비틀려 있는 한 사내가 있었다. 어터슨과 풀은 발끝으로 살금살금 다가가 그자를 바로 눕혔다. 그들의 눈에 들어온 것은 바로 에드워드 하이드의 얼굴이었다. 하이드는 자신에게 너무나 큰, 지킬 박사의 몸집에나 맞을 옷을 입고 있었다. 그는 아직 살아 있는 것처럼 얼굴 근육이 씰룩거렸지만 숨은 이미 끊어진 상태였다. 어터슨은 그가 손에 쥐고 있는 깨진 유리 약병과 공기 중에 드리운 강한 아몬드 냄새(*독극물인 비소는 아몬드와 비슷한 냄새가 난다.)로 그가 자살했음을 알 수 있었다.

"우리가 너무 늦었군."

어터슨이 냉엄하게 말했다.

"구하기에도, 벌을 주기에도 늦었어. 하이드는 저세상으로 갔네. 이제 우리에겐 자네 주인의 시신을 찾는 일만 남았네."

그 건물의 대부분은 해부 강의실과 서재가 차지하고 있었다. 그리고 아래층 전체를 거의 다 차지하고 있는 해부 강의실에는 천장을 통해 빛이 들어오고 있었다. 해부 강의실 한쪽 끝에는 층을 올려 만든 서재가 자리 잡고 있었는데 서재에서는 안마당이 내다보였다. 해부 강의실에서 복도를 따라가니 골목길로 난 문으로 연결됐다. 그 문을 통하면 독립적으로 2층 서재로 드나들 수 있었다. 그 외에 어두운 벽장 몇 개와 넓은 지하실도 있었다. 그들은 이 모든 곳들을 샅샅이 살폈다. 벽장들은 모두 텅 비어 있었기 때문에 한번 획 훑어보기만 하면 됐다. 벽장문에서 떨어진 먼지로 보건대 오랫동안 열지 않은 모양이었다. 오히려 지하실이 이상한 잡동사니들로 가득했는데 대부분 지킬이 이사 오기 전에 외과 의사가 살았던 시절부터 있던 물건들이었다. 하지만 지하실 문을 열자마자 오랜 세월 동안 입구를 봉하고 있던 완전히 엉클어진 거미줄 뭉치가 떨어졌다. 그래서 그들은 지하실을 더 수색해 봤자 쓸모없다는 사실을 알 수 있었다. 죽었든 살았든 어디에도 헨리 지킬의 흔적은 없었다.

풀이 복도의 포석을 쾅쾅 밟아 그 소리에 귀를 기울이며 말했다.

"여기에 묻히신 게 틀림없어요."

"도망쳤을지도 모르잖나."

어터슨이 그렇게 말하며 돌아서서 골목길로 난 문을 살폈다. 문은 잠겨 있었고 복도 판석 가까이에 열쇠가 떨어져 있었는데 녹이 잔뜩 슬어 있었다.

"사용하는 열쇠 같진 않군."

어터슨 변호사가 말했다.

"사용이라뇨! 가당치도 않아요. 변호사님, 열쇠가 부러진 것 안 보이십니까? 누군가 발로 짓밟은 것 같습니다."

"그렇군. 부러진 부분도 녹이 슬었군."

두 사람은 엄습하는 불안감을 느끼며 서로를 바라보았다.

"풀, 이건 내 능력 밖의 일이네. 일단 서재로 다시 돌아가

세."

그들은 말없이 계단을 올랐다. 그리고 두려운 눈초리로 가끔 시신을 흘끗흘끗 훔쳐보면서 더욱 철저하게 서재 안을 살피기 시작했다. 탁자 하나에 화학 실험을 한 흔적이 있었는데 흰 소금으로 보이는 여러 더미의 가루가 각기 다른 분량으로 유리 접시들에 놓여 있었다. 아마도 저 불행한 자가 실험을 하다가 방해를 받은 듯했다.

"이건 제가 늘 가져다주던 약이에요."

풀이 말했다. 풀이 말하는 도중에도 주전자는 요란하게 소리를 내며 끓어 넘쳤다.

그 소리에 그들은 난롯가로 향했다. 난롯가에는 안락의자가 아늑하게 놓여 있었는데 앉은 사람이 팔을 뻗으면 닿을 거리에는 찻잔에 설탕이 담긴 채로 놓여 있어서 차를 마실 준비를 하고 있었음을 알 수 있었다. 선반에는 책이 몇 권 꽂혀 있었는데 그중 한 권은 찻잔 옆에 펼쳐져 있었다. 그 책은 과거에 지킬이 여러 번 높이 평가했던 신학 서적이었다. 어터슨은 펄쩍 뛸 만큼 불경스런 주석이 지킬의 필체로 달려 있는 것을 보고 깜짝 놀랐다.

서재를 조사하던 두 사람은 전신 거울 앞에 이르렀다. 그러다가 거울 속을 들여다보고 저도 모르게 공포에 사로잡혔다. 하지만 거울에 비친 것은 천장에 어른거리는 붉은 빛과 유리로 된 진열장 표면에 반사된 불꽃을 튀기는 난롯불, 그리고 몸을 구부리고서 거울 안을 들여다보고 있는 자신들의 창백하고 겁에 질린 얼굴들뿐이었다.

"이 거울은 기이한 일들을 모조리 지켜보았겠죠, 변호사님."

풀이 속삭였다.

"거울 자체가 더 기이하군."

어터슨 변호사도 풀과 똑같이 속삭였다.

"지킬이 대체 뭣 하러……."

어터슨 변호사가 깜짝 놀라서 말을 하려다가 멈췄다. 그리고 떨리는 마음을 누르고 말을 이어 갔다.

"지킬은 이 거울로 뭘 하려던 것이었을까?"

"그러게 말입니다."

풀이 말했다.

다음으로 그들은 업무용 탁자로 향했다. 탁자에는 가지런히 정돈된 서류들 맨 위에 큰 봉투가 놓여 있었는데 지킬 박사의 필체로 어터슨 변호사의 이름이 적혀 있었다. 어터슨 변호사가 그 봉투를 열자 동봉된 서류 몇 개가 바닥에 떨어졌다. 첫 번째 서류는 유언장이었는데 그가 여섯 달 전에 돌려줬던 유언장에 있던 것과 똑같은 괴상한 조항들이 명시되어 있었다. 사망 시에는 유언장, 실종 시에는 증여 증서가 되도록 작성된

문서였다. 하지만 어터슨 변호사는 에드워드 하이드의 이름이 있던 자리에서 '가브리엘 존 어터슨'이란 이름을 발견하고 형언할 수 없을 만큼 놀랐다. 그는 풀을 쳐다봤다가 다시 유언장을 본 뒤 마지막으로 카펫 위에 죽어서 뻗어 있는 악인을 내려다보았다.

"머리가 혼란스럽군. 저자는 줄곧 이 서류를 가지고 있었어. 저자가 나를 좋아할 리도 없고 자기 이름이 빠진 걸 보고 분노했을 텐데 이 서류를 없애지 않았다니."

그는 다음 서류를 집어 들었다. 그것은 지킬 박사의 필체로 된 짧은 쪽지로 맨 위에 날짜가 적혀 있었다.

"이런, 풀! 지킬이 오늘까지도 여기에 살아 있었어. 그렇게 짧은 시간에 사람을 죽이고 처리까지 하기는 힘들었을 테니 지킬은 아직 살아 있는 게 틀림없어. 지킬은 도망친 거야! 그런데 왜 도망을 친 거지? 그리고 어떻게? 그렇다면 과연 우리가 이 사건을 자살이라고 단언해도 되는 것일까? 오, 신중해야겠어. 자칫하면 우리가 자네 주인을 무시무시한 파국으로 몰아갈지도 모르니 말일세."

"왜 그 쪽지를 읽어 보지 않으십니까?"

풀이 물었다.

"두려워서 그러네. 신이시여, 제발 두려워하지 않게 해 주소서!"

풀이 엄숙하게 말하며 그 쪽지를 눈앞으로 가져가 읽었다.

친애하는 어터슨, 이 편지가 자네 손에 들어갔을 땐 난 이미 사라지고 없을 걸세. 그게 어떤 상황인지는 나도 예견할 수 없네만 나의 본능과 이루 말할 수 없는 상황들로 미루어 보아 파멸이 찾아올 것이 확실하네. 그것도 재빨리 말이야. 그러니 어서 가서 래니언이 자네에게 전해 주겠다고 내게 경고한 그 편지부터 먼저 읽어 보게. 그리고 더 알고 싶다면 나의 고백서를 보게나.

자네의 보잘것없고 불행한 벗,
헨리 지킬

"동봉된 서류가 하나 더 있던가?"
어터슨이 물었다.
"여기 있습니다, 변호사님."
풀이 여러 군데를 봉한 상당히 두툼한 서류 뭉치를 건넸다.
어터슨 변호사는 그 서류를 주머니에 넣었다.
"나는 이 서류에 대해 입을 다물고자 하네. 그럼 자네 주인이 도망쳤건 죽었건 최소한 그의 명예는 지킬 수 있을 테니. 이제 열 시군. 난 집으로 돌아가 조용히 이 서류를 읽어 봐야겠네. 하지만 자정 전에 돌아올 테니 그때 경찰을 부르도록 하세."

　두 사람은 해부 강의실을 나와 문을 잠갔다. 어터슨은 응접
실 난롯가에 모인 하인들을 뒤로하고 이제 이 수수께끼를 풀
어 줄 두 편의 글을 읽기 위해 무거운 발걸음으로 자신의 사무
실로 돌아갔다.

래니언 박사가 남긴 글

—— ❦ ——

지금으로부터 나흘 전인 1월 9일 저녁때 등기 우편을 한 통 받았는데 나의 동료이자 학창 시절부터 오랜 친구였던 헨리 지킬의 필체로 주소가 적혀 있었네. 나는 많이 놀랐다네. 우리는 서신을 주고받은 적이 전혀 없었고 실은 그 전날 밤 지킬과 만나 저녁 식사를 같이 했기 때문에 우리 사이에 등기 우편 같은 편지를 보낸다는 건 전혀 상상도 못할 일이었지. 내용은 더 놀라웠다네. 그 편지의 내용은 다음과 같네.

18××년 12월 10일

친애하는 래니언,
자네는 나의 가장 오랜 친구라네. 우리가 때로는 과학적인 문제에 있어서 의견을 달리했던 적이 있을지도 모르나 적어도 내 생각으로는 우리의 우정에 금이 간 적은 없었네. 자네가 내게 "지킬, 내 인생, 내 명예, 내 이성이 모두 자네에게 달려 있네."라고 말했다면 난 자네를 돕기 위해 내 재산도, 한쪽 팔도 기꺼이 내놓았을 걸세.

래니언, 내 인생, 내 명예, 내 이성이 자네의 자비에 달려 있네. 오늘 밤 자네가 나를 저버린다면 나는 파멸이네. 여기까지 읽고 자네는 내가 뭔가 불명예스러운 부탁을 하려 한다고 생각할지도 모르겠군. 그건 자네 판단에 맡기겠네.

오늘 밤 다른 약속은 모두 미뤄 두길 바라네. 황제를 진찰하러 오라고 호출을 받더라도 그래야 해. 자네 마차가 집 앞에 대기해 있지 않으면 마차를 잡아타고 곧장 나의 집으로 와 주게. 참고할 수 있도록 이 편지도 반드시 가지고 말이야. 나의 집사 풀에게 지시해 뒀으니 그가 열쇠공과 함께 자네가 도착하길 기다리고 있을 걸세. 열쇠공을 시켜 내 서재 문을 연 뒤 자네 혼자만 서재로 들어가게. 왼쪽에 있는 유리로 된 진열장(E열)을 열게. 만약 그 유리로 된 진열장이 잠겨 있으면 자물쇠를 부수게. 그런 다음 위에서 네 번째, 달리 말하면 아래에서 세 번째인 서랍을 '내용물이 모두 담긴 그대로' 빼내게. 내가 지금 마음이 극도로 괴로워 자네에게 엉뚱한 서랍을 일러 주고 있는 걸까 봐 걱정스럽네. 하지만 내가 잘못 일러 줬다 해도 서랍에 담긴 내용물을 살펴보면 맞는 서랍인지 알 수 있을 걸세. 그 서랍에는 약간의 분말과 유리 약병, 공책이 들어 있다네. 부탁이니 정확히 내용물이 담긴 그 상태 그대로 서랍을 들고 캐번디시 광장의 자네 집으로 돌아가 주게.

지금까지가 첫 번째 부탁이고 이제부터가 두 번째 부탁이네. 자네가 이 편지를 받는 즉시 바로 출발하면 자정이 되기 훨씬 전에 돌아올 수 있을 걸세. 하지만 난 자네에게 상당한 시간 여유를 주려 하네. 막을 수도 없고 예상하지도 못한 장애물이 생길 수도 있으니까. 또한 자네 하인들이 모두 잠자리에 든 시간에 이 일을 처리했으면 하고 바라기 때문이네. 그러니 자정이 되면 자네 혼자서만 진료실에서 기다리고 있다가 내 이름을 대는 사내가 오면 직접 안으로 들여 그자에게 내 서재에서 가져온 서랍을 통째로 건네줬으면 하네. 그러면 자네는 자네 역할을 다한 것이고 난 자네에게 진심으로 감사할 것이네. 그런데 자네가 무슨 일인지 정 설명을 들어야겠거든 조금만 참게. 그로부터 오 분 뒤면 이런 절차가 얼마나 중요한지 이해하게 될 것이네. 내 부탁이 터무니없어 보일지 모르지만 이런 절차 가운데 하나라도 무시했다간 나는 죽음이나 이성의 파멸을 맞을 것이고 자네는 그로 인해 양심의 가책을 느끼게 될지도 모르네.

자네가 이 부탁을 쉬이여기지 않을 것이라고 확신하네만 혹시 그럴지 모른다는 생각만으로도 가슴이 철렁 내려앉고 손이 덜덜 떨리네. 이 순간 낯선 장소에서 희망 하나 없는 어두운 고뇌에 시달리고 있을 나를 생각해 주게. 자네가 시간을 잘 맞춰 내 부탁대로

해 주어서 지금의 고민은 옛이야기처럼 흘러가 버릴 거라고 믿는 나를 말일세. 친애하는 래니언, 부디 내 부탁을 들어줘서 나를 구해 주게.

자네의 벗 H. J

추신 : 이 편지를 다 쓰고 나니 내 마음에 새로운 공포가 엄습하는군. 우체국에서 제때 배달을 못해 이 편지가 내일 아침이나 되어서야 자네 손에 들어갈지 모르겠군. 친애하는 래니언, 그럴 경우에는 내일 중 자네가 가장 편한 시간에 내가 부탁한 것을 처리해 주게. 그리고 다시 한 번 자정에 내가 보낸 사람을 맞아 주게. 그때가 되면 이미 너무 늦어 버릴지도 모르지만 말일세. 내일 밤이 아무 일 없이 그냥 지나간다면 두 번 다시는 헨리 지킬을 만나지 못할 것으로 알고 있게나.

이 편지를 읽고 나는 이 친구가 미친 게 틀림없다고 확신했네. 하지만 미쳤다는 사실이 의심의 여지가 없도록 증명되기 전까지는 그가 부탁한 대로 해야 할 것 같았어. 이 뒤죽박죽인 상황을 잘 알지도 못하면서 그게 중요하다, 아니다 판단할 입장도 아니었으니까. 그리고 그토록 구구절절한 간청을 아주 무책임하게 물리칠 수도 없었네. 그래서 나는 자리에서 일어나 마차를 타고 곧장 지킬의 집으로 갔네. 집사는 내가 오기를 기다리고 있었네. 집사도 나와 똑같이 등기 우편으로 지시를 받고는 즉시 열쇠공과 목수를 부르러 사람을 보내 놨더군. 우리가 이야기를 나누는 사이 열쇠공과 목수가 도착했고 우리는 함께 예전 데먼 박사의 해부 강의실로 갔네. 자네도 잘 알다시피 그곳이 지킬의 개인 서재로 들어가기 가장 편한 곳이니까. 목수는 서재 문이 아주 튼튼하고 자물쇠가 훌륭해서 억지로 열려면 굉장히 힘이 들고 문이 다 망가질 것이라고 공언했네. 열쇠공은 거의 절망했지. 하지만 열쇠공의 솜씨가 좋아서 두 시간의 작업 끝에 문을 열었네.

E 자가 표시된 유리로 된 진열장은 잠겨 있지 않았네. 난 그 친구가 말한 서랍을 꺼내 내용물이 흐트러지지 않도록 짚으로 속을 채우고 천으로 싸서 캐번디시 광장의 내 집으로 갖고 돌아왔네.

집으로 돌아와 서랍의 내용물을 살펴봤지. 분말은 아주 깔끔하게 만들어지긴 했지만 조제사의 정밀한 솜씨는 아니었네. 그러니까 지킬이 개인적으로 만든 분말인 게 분명했어. 분말한 첩을 펼쳐 보니 단순한 흰색 염류 결정체로 보이는 것이 들어 있었지. 다음으로 내 주의를 끈 유리 약병에는 핏빛 액체가 반쯤 채워져 있었는데 후각을 강하게 자극하는 걸 보면 인과 휘발성 에테르가 들어간 듯했어. 하지만 그 외 다른 성분들은 무엇이 들어갔는지 짐작할 수 없었네. 공책은 그냥 평범한 공책이었는데 날짜만 죽 적혀 있을 뿐 별 내용이 없었어. 날짜가 여러 해 동안 이어져 오다가 거의 일 년 전에 갑자기 뚝 끊겨 있었지. 여기저기 날짜 옆에 대개 한 단어를 넘지 않는 짤막한 메모가 적혀 있었네. 수백 개의 항목을 통틀어 여섯 번 정도 '두 배'라고 적혀 있었고 아주 초기의 목록에 한 번 '완전한 실패!!!'라고 느낌표까지 몇 개 붙여 쓴 것도 있었네. 이 모든 것이 나의 호기심을 자극했지만 확실하게 알 수 있는 건 별로 없었네.

그러니까 그 서랍에 든 건 팅크(*알코올에 혼합하여 약제로 쓰는 물질.)가 든 유리 약병, 종이에 싼 염류, 지킬의 다른 무수한 실험들과 마찬가지로 실제적으로 유용한 끝맺음을 이루지 못한 일련의 실험 기록이 다였네. 내 집에 이런 물건들을 갖다 두는 것이 나의 정신 나간 동료의 명예와 정신과 삶에 어떻게 영향을 끼친단 말인가? 그 친구가 보낸 사람이 내 집에는 찾아올 수 있는데 정작 왜 그 친구의 집에는 가지 못한단 말인가? 그리고 이 일에 장애가 되는 문제가 있다고 인정할지라도 왜 내가 그자를 비밀리에 직접 맞아야 한단 말인가? 생각하면 할수록 내가 정신병자 놀음에 놀아나고 있다는 확신이 들었네. 그래서 나는 그만 잠자리에 들라고 하인들을 물린 후 내 스스로를 지켜야 할 상황에 처하게 될지 몰라 오래된 권총을 장전해 뒀네.

런던 전역에 밤 열두 시를 알리는 종이 울려 퍼지자마자 아주 조심스레 문을 두드리는 소리가 났네. 내가 직접 문을 열어주러 나갔더니 작은 남자가 현관 기둥에 기대어 웅크리고 있었네.

"지킬 박사가 보낸 사람이오?"

내가 물었네.

그가 부자연스런 몸짓으로 "예." 하고 대답하더군. 그리고 내가 들어오라고 말해도 그는 내 말에 따르지 않고 뒤로 흘끗 캄캄한 광장을 살폈네. 그리 멀지 않은 곳에서 경찰이 랜턴을 켜고 다가오고 있었는데 내 생각엔 그 모습에 나의 손님이 깜짝 놀라서 서둘러 안으로 들어온 것 같았어.

실은 난 그런 세세한 점들이 언짢게 여겨졌다네. 나는 그를 따라 불이 환하게 켜진 진료실로 들어가면서 계속 권총에 손을 올리고 있었네. 마침내 나는 진료실에서 그를 또렷이 볼 수 있는 기회를 갖게 되었네. 처음 보는 자였어. 그 점만은 분명했네. 이미 말했다시피 그는 체구가 작았어. 게다가 소름 끼치는 얼굴 표정, 대단히 힘찬 움직임과 아주 허약한 모습의 놀랄 만한 결합, 그리고 마지막에 언급하지만 아주 중요한, 그와 가까이 있을 때 생겨나는 묘하고 주관적인 불안감에 적잖이 당황했네. 그것은 오한의 초기 증세와 다소 비슷했으며 뒤이어 맥박이 급격히 약해졌네. 그때 나는 그것을 다소 특이한 개인적 혐오감 탓으로 돌렸고 그저 증상이 심해지는 현상만을 이상하게 여겼다네. 하지만 그 후 나는 그 증상이 인간의 본성 안에 훨씬 더 깊숙이 자리 잡고 있어서 단순한 증오심보다 고차원적인 본질에서 비롯되었다고 믿게 되었다네.

그는 들어오는 순간부터 나로 하여금 역겨운 호기심이라고밖에 표현할 수 없는 감정을 불러일으키도록 만들었어. 게다가 그자는 보통 사람들이 볼 때 웃음거리가 되기 딱 좋은 옷차림이었네. 값비싸고 점잖은 옷감으로 만든 옷이었지만 터무니없이 큰 치수였지. 바지는 다리에 헐렁하게 걸린 채 땅에 끌리지 않도록 돌돌 말아 올렸고 외투의 허리선은 엉덩이 아래로 내려왔으며 옷깃은 어깨 위로 넓게 처져 있었네.

이상한 이야기지만 그 우스꽝스러운 옷차림에도 난 전혀 웃음이 나오지 않았어. 나와 마주 보고 있는 그자의 본질 속에 뭔가 비정상적이고 꼴사나운 것이, 사람의 마음을 압박하는 놀랍고도 혐오스러운 뭔가가 있었거든. 이런 어색하고 이상한 행색이 오히려 그자의 본질과 잘 어울리고 나아가 그자의 본질을 더욱 강화시켜 주는 것 같았지. 그래서 그자의 본성과 성격에 대한 흥미는 물론이고 출신, 인생, 재산, 세상에서의 지위는 어떨까 하는 호기심까지 더해졌네.

비록 아주 많은 지면을 할애하기는 했지만 사실 이런 관찰들은 불과 몇 초 만에 이루어진 것이라네. 나를 찾아온 그자는 초조한 표정으로 아주 흥분해 있었네.

"가져왔소? 가져온 거요?"

그가 소리쳤어. 조바심에 몸이 달아 내 팔을 붙잡고 나를 흔들려고 했네.

그의 손길이 닿자 얼음 같이 차가운 고통이 내 피를 타고 흐르는 것 같아 나는 얼른 그자의 손을 뿌리쳤지.

"이보시오, 우린 아직 인사도 나누지 않았잖소. 우선 앉으시오."

내가 그에게 본을 보여 짐짓 평소 환자를 대하는 태도를 취하며 의자에 앉았어. 하지만 늦은 시간인 데다 급선무로 처리해야 할 일의 성격과 그자에게 느낀 공포심 때문에 애써 태연한 척하기가 힘들었네.

"죄송합니다, 래니언 박사님."

그가 아주 예의바르게 대답했네.

"박사님이 그렇게 말씀하시는 게 당연합니다. 제가 조바심 때문에 결례를 범했군요. 저는 박사님의 동료인 헨리 지킬 박사에게서 대단히 중요한 일을 부탁받고 여기로 왔습니다. 그리고 제가 알기로는……."

그가 잠시 말을 멈추고 손을 목에 댔는데 그의 아주 침착한 태도에도 불구하고 나는 그가 금방이라도 터져 나오려는 히스테리와 싸우고 있다는 것을 알 수 있었네.

"제가 알기로는 서랍이……."

하지만 그때쯤 되자 난 그자가 안절부절못하는 모습이 애처롭게 여겨졌다네. 하지만 나의 호기심도 더욱 커졌지.

"저기 있소."

내가 천에 싸인 채로 탁자 뒤의 바닥에 놓여 있는 서랍을 가리키며 말했어.

그가 벌떡 일어나 그 서랍을 향해 뛰어가더니 잠시 멈추고 가슴에 손을 올렸어. 턱에서 경련이 일어 이가 갈리는 소리가 들렸네. 그의 얼굴이 송장처럼 창백해 보여서 나는 저러다가 그가 목숨이나 정신을 잃는 건 아닌지 걱정이 되었네.

"진정하시오."

내가 말했네.

그가 나를 돌아보며 무시무시한 미소를 지어 보이더니 그냥 될 대로 되라고 결심한 듯 천을 들췄네. 그리고 내용물을 살폈지. 무척 안도한 나머지 흐느끼는 듯한 소리를 어찌나 크게 내뱉던지 나는 깜짝 놀라 앉은 자리에 그대로 못 박혔다네. 다음 순간 그가 이미 상당히 안정된 목소리로 "눈금 유리관이 있습니까?" 하고 물었네.

나는 간신히 자리에서 일어나 그가 원하는 물건을 갖다주었어.

그는 미소를 지으며 고개 숙여 고맙다고 인사를 하고는 붉은 팅크 몇 방울을 유리관에 넣어 계량하더니 거기에 분말 한 첩을 넣었네. 붉은색을 띠던 혼합물은 결정이 녹으면서 색이 밝아졌고 부글부글 끓는 소리를 내며 연기를 약간 내뿜었네. 갑자기 끓어오르던 것이 멈춤과 동시에 혼합물이 짙은 자주색으로 변하나 싶더니 더욱 천천히 엷은 녹색으로 변했네. 날카로운 눈길로 이런 변화 과정을 지켜보던 그자는 미소를 지으며 눈금 유리관을 탁자에 내려놓고 돌아서서 나를 탐색하듯 뚫어져라 바라보았네.

"자, 그럼 이제 남은 일을 처리해야겠군요. 현명하게 그냥 넘어가시겠습니까? 끝까지 지켜보시겠습니까? 제가 더는 설명하지 않고 그냥 이 유리관을 들고 여기서 나가리까? 아니면 탐욕스런 호기심을 충족시켜 드리리까? 잘 생각해 보고 대답하십시오. 박사님이 결정하는 대로 될 테니까요. 박사님의 결정에 따라 박사님은 전과 다름없는 모습으로 남을 수도 있습니다. 더 부유해지지도, 더 많이 알게 되지도 않겠지만 무서운 고통에 빠진 사람을 도와주셨으니 영혼만큼은 보다 풍요로워지겠지요. 아니면 박사님의 선택에 따라 새로운 차원의 지식과 명성과 권력에 이르는 길이 박사님 앞에 펼쳐질 수도 있습니다. 바로 지금 당장 여기 이 방에서 말입니다. 아마 놀라운 일을 목격하고는 사탄을 믿지 않았던 마음이 뿌리째 흔들리게 될 것입니다."

"이보시오."

나는 짐짓 아무렇지 않은 척하며 말했지만 속은 전혀 그렇지 못했다네.

"수수께끼 같은 소릴 하는구려. 그리고 내가 당신의 말을 못 미더워 해도 당신은 놀라지 않을 것 같소만. 하지만 여기서 멈추기에는 난 이 설명할 수 없는 일에 너무 깊이 개입한 것 같으니 끝을 봐야겠소."

"좋습니다. 래니언 박사님, 그러면 맹세하십시오. 이제부터 일어나는 일은 우리의 직업을 걸고 절대 비밀을 엄수하겠다고 말입니다. 당신은 너무 오랫동안 대단히 편협하고 물질적인 시각에만 얽매여 초월적인 의학의 미덕을 부인하고 당신보다 뛰어난 사람들을 비웃어 왔지요. 하지만 이제 똑똑히 잘 보시기 바랍니다!"

그자가 유리관을 입으로 가져가 단숨에 들이켰네. 외마디 비명이 터져 나왔고 그가 휘청거리며 비틀대다 탁자를 꽉 잡고 매달렸어. 충혈된 눈을 부릅뜨고 입을 벌린 채 헐떡거렸지. 그리고 내가 지켜보는 가운데 그에게 뭔가 변화가 일어나는 것 같았어. 그러니까 그가 부풀어 오르는 것 같았지. 얼굴이 갑자기 까매지더니 이목구비가 녹으면서 변형되는 것 같았어. 그리고 다음 순간 나는 벌떡 일어나 뒷벽으로 휙 물러섰네. 나는 공포로 마음이 내려앉는 가운데 그 괴물에게서 스스로를 보호하려고 팔을 들어 올렸네.

"오, 세상에!"

나는 비명을 질렀네.

"오, 세상에! 이럴 수가!"

나는 계속 비명을 질러 댔네. 바로 내 눈앞에서 창백한 얼굴로 몸을 떨며 반쯤 실신한 모습을 한 자는, 마치 죽었다 깨어난 사람처럼 손으로 앞을 더듬으며 서 있는 자는 바로 다름 아닌 헨리 지킬이었어!

이후 한 시간에 걸쳐 그가 내게 들려준 이야기는 도저히 여기에 옮겨 적을 마음이 나지 않네. 내 눈으로 직접 본 광경과 내 귀로 직접 들은 이야기에 내 영혼은 병이 들고 말았네. 하지만 그 광경이 내 눈앞에서 사라진 지금 나 스스로에게 그 광경과 이야기를 믿는지 자문해 보지만 대답할 수가 없네. 내 삶이 송두리째 흔들려 버렸고 잠도 이룰 수 없었네. 그 끔찍한 공포가 밤낮을 가리지 않고 하루 종일 내 곁을 맴돌았네. 이제 나는 살날이 얼마 남지 않은 것 같네. 난 얼마 안 가 죽게 될 것이네. 그것도 회의를 품고 죽어 가겠지. 그자가 참회의 눈물을 흘렸기는 하나 내게 밝힌 도덕적 타락 행위에 관해 말하자면 나는 생각만 해도 두려워진다네. 어터슨, 내 한 마디만 하겠네. 자네가 내 말을 믿어 준다면 그 한 마디로도 충분할 걸세. 지킬의 고백에 따르면 그날 밤 내 집으로 기어들어왔던 그

자는, 커루의 살인범으로 이 땅 구석구석까지 추적당하고 있
는 하이드란 이름으로 알려진 자였네.

헤이스티 래니언

헨리 지킬의 사건 진술서 전문

— ✤ —

나는 18××년에 태어났네. 막대한 재산을 물려받았고 게다가 신체도 훌륭하게 타고났으며 천성적으로 부지런하고 현명하고 훌륭한 동료들에게서 존경받는 것을 좋아했네. 당연히 짐작하겠지만 명예롭고 빛나는 미래도 보장되어 있었네. 그런데 나의 가장 큰 결점은 쾌락을 탐하는 성향이었네. 쾌락은 많은 사람들을 행복하게 만들지. 하지만 사람들 앞에서 머리를 꼿꼿이 세우고 엄숙한 표정을 지으며 거만하게 굴고 싶은 오만한 욕망을 지닌 나 같은 사람에게는 맞지 않는 것이었어. 그래서 나는 그런 성향을 숨기게 되었네. 지나온 시절을 되돌아보는 나이가 되어 주위를 둘러보고 세상에서의 성취와 지위를 찬찬히 뜯어보기 시작했을 즈음에는 난 이미 이중생활에 깊이 빠져 있었네. 사람들 중에는 내가 죄의식을 느끼는 이런 난잡

한 행실들을 무슨 자랑인 양 떠벌리는 자들도 많을 걸세. 하지만 난 내 스스로 세워 놓은 고결한 가치관에 따라 판단하여 거의 병적인 수치심으로 그런 행실들을 감췄네.

모든 사람들의 내면에는 인간의 이중성을 나누기도 하고 결합시키기도 하는 선과 악, 두 영역 사이의 고랑이 있네. 하지만 내 안에는 다른 사람보다 그 고랑이 더 깊어서 선과 악이 철저하게 분리되어 있지. 이렇게 된 이유는 그리고 나를 지금의 모습으로 만든 것은 내가 특별히 타락해서가 아니라 오히려 내가 지향하는 바가 유난히 엄격했기 때문이야. 경우가 이렇다 보니 나는 종교의 뿌리이자 가장 심오한 고뇌의 원천인 삶의 가혹한 법칙에 대해 깊고도 집요하게 파고들게 되었네.

나는 몹시 이중적인 사람이었을지는 모르나 결코 위선자는 아니었네. 나의 두 가지 모습 모두 진실됐네. 태양 아래에서 지식의 증진은 물론이고 슬픔과 고통의 경감을 위해 힘쓰는 모습도 나 자신이었고, 자제심을 버린 채 부끄러운 짓에 빠져드는 것 또한 나 자신의 모습이었어. 그런데 전적으로 신비하고 초월적인 방향으로 흐르던 나의 과학적 연구가 성과를 거두었지. 내 안에서 두 가지 모습의 내가 끊임없이 벌이던 전쟁에 한 줄기 강한 서광이 비추었네. 그리하여 내 지성의 양면을 이루는 도덕과 지식을 통해 날마다 조금씩 그 진실에 더 가까이 다가가게 되었네. 하지만 그 진실을 불완전하게 발견하는 바람에 나는 결국 그토록 끔찍한 파멸에 이르는 운명에 처하게 되었어. 그 진실이란 인간은 진정 하나가 아니라 둘이라는 것이었지. 내가 둘이라고 말하는 것은 현재의 내 지식수준이 그 이상을 넘어서지 못하기 때문이네. 비슷한 연구로 나를 뒤따르는 자도 있을 것이고 나를 앞서는 자도 있을 것이네. 그래서 내 과감히 추측하건대 인간은 결국 각양각색의 모순되고 독립적인 인자들이 모여 형성된 집합체에 불과하다는 사실이 밝혀질 것이네.

나의 경우에는 내 삶의 성격상 한 방향으로, 오직 한 방향으로만 올곧게 나아갔다네. 도덕적 측면으로 말이야. 그리고 그 과정에서 나는 내 안에 있는 철저하고도 근원적인 인간의 이중성을 인식하게 되었지. 내 의식 속에는 선과 악, 두 가지 본성이 갈등을 일으키고 있어. 내가 이 두 가지 본성 가운데 어느 한쪽에 사로잡힌 것처럼 여겨지는 것은 근본적으로 그 두 가지 본성을 모두 가지고 있기 때문이라네. 그리고 나는 훨씬 오래전부터 두 가지 본성을 분리해 내는 달콤한 공상을 즐기곤 했지. 그건 내가 과학적 발견을 통해 두 가지 본성을 분리하는 기적이 정말로 가능할지 모른다고 생각하기 훨씬 전부터 시작되었어. 각각의 본성을 따로따로 분리해서 별개의 개체에 수용할 수 있다면 참기 힘든 모든 고통들이 인생에서 사라지지 않을까 하고 혼잣말을 하곤 했지. 옳지 못한 본성은 자신과 쌍둥이처럼 붙어 다니는 올바른 본성의 열망과 가책에서 벗어나 자기만의 길을 가면 되지. 반대로 올바른 본성은 아무 관계도 없는 악한 본성 때문에 더 이상 망신스러워 하지 않아도 되고 말이야. 게다가 참회하거나 선행을 베풀며 기쁨을 찾고 보다 높은 곳을 향해 꿋꿋하고 단호하게 걸어갈 수도 있을 것 같았네. 어울리지 않는 한 쌍이 이처럼 함께 묶여 있다는 것은, 그러니까 고뇌에 찬 의식 저 깊은 곳에서 이렇게 극과 극인 쌍둥이가 계속 싸우고 있어야 한다는 것은 바로 인류가 받은 저주였네. 그렇다면 이 둘은 어떻게 분리되었겠는가?

이런 생각에 빠져 있는데 앞서 말했듯이 실험실 탁자에서부터 이 주제에 대한 서광이 비치기 시작했네. 나는 우리가 걸치고 다니는 이 육신이 겉으로는 아주 견고해 보이지만 불안정하고 비물질적이며 안개처럼 덧없는 것이라는 사실을 이제껏 밝혀진 것보다 더 깊이 인지하게 되었지. 내가 발견한 어떤 물질에는 바람이 천막을 휙 날려 버리듯 육체라는 겉옷을 흔들어 낚아채 가는 힘이 있었네. 하지만 나는 두 가지의 타당한 이유로 인해 과학적으로 세세한 부분까지는 자세히 고백하지 않으려 하네. 첫째로 우리 인간은 인생의 어두운 운명과 무거운 짐을 영원히 어깨에 짊어지고 살아가야 한다는 점을 알게 되었기 때문이지. 벗어나려고 하면 할수록 그 운명과 짐은 더욱 낯설고 끔찍한 무게로 우리에게 되돌아올 뿐이란 말이야. 둘째는 내 이야기를 읽어 보면 너무도 분명해지겠지만, 아 아! 나의 발견이 불완전했기 때문이라네. 그 당시에 나는 육체란 정신을 구성하는 어떤 힘의 기운 혹은 광채가 뿜어져 나오는 외피임을 인식하고 있었지. 뿐만 아니라 육체를 지배하는 힘을 약하게 만들어 다른 힘이 지배하는 다른 모습의 육체로 변하는 약을 제조할 수 있을 정도였네. 물론 그렇게 육체의 모습이 변하더라도 영혼의 밑바탕에 깔린 요소들의 특징을 잃는 일은 없을 테고 말이야.

나는 이 이론을 실제 실험으로 옮기기까지 오랫동안 망설였네. 어떤 약이든 정체성이라는 요새를 강력하게 통제하고 흔들 만한 효능이 있다면, 변신을 꾀하는 순간에 극소량이라도 정량을 초과하거나 복용 시간을 조금만 어겨도 비물질적인 임시 거처인 육체를 완전히 괴멸시킬 수도 있으니까 말이야. 분명 이건 죽을 각오를 다지고 시작해야 하는 일이었어. 그러나 나는 너무나 특이하고 엄청난 발견의 유혹 앞에 결국 위험의 경고를 무시하고 말았네. 팅크는 이미 오래전에 준비해 놓았기 때문에 곧바로 약품 도매상에서 특별한 염류를 다량으로 구매했네. 내 실험을 통해 그 염류는 약의 조제에 필요한 마지막 성분으로 판명된 것이었네. 그리고 어느 저주받은 늦은 밤 나는 유리관에 모든 성분들을 넣어 혼합했네. 그러자 유리관 속의 내용물이 부글부글 끓어오르며 연기가 피어올랐지. 그리고 끓는 게 가라앉자 나는 크게 용기를 내어 그 약을 모두 마셔 버렸어.

아주 극심한 고통이 뒤따랐네. 뼈가 갈리는 듯한 통증, 지독한 메스꺼움, 그리고 태어나거나 죽는 순간보다 더한 정신적 공포가 밀려왔네. 그런 뒤 고통이 빠르게 가라앉았고 나는 마치 큰 병을 앓고 난 뒤처럼 의식이 돌아왔네. 내 감각은 뭔가 낯설었고 형언할 수 없을 만큼 새로웠으며 그런 새로운 느낌 때문인지 믿을 수 없을 만큼 기분이 좋았지. 몸이 더 젊어지고 가벼워지고 행복해진 느낌이었어. 그런 내 안에서 거침없는 무모함, 공상 속에서 물방아를 돌리는 물처럼 흐르는 난잡하고 관능적인 영상들, 의무의 굴레로부터 벗어나는 기분 그리고 정체를 정확히 파악할 수는 없지만 순수하지 않다는 것만은 분명한 영혼의 자유가 느껴졌네. 이 새로운 생명이 첫 호흡을 토해 내는 순간 나는 내가 사악해져서, 열 배는 더 사악해져서, 내 안 깊숙한 곳의 악한 본성에게 노예로 팔렸다는 사실을 알아차렸네. 그리고 그런 생각은 포도주처럼 나를 기운 나고 기쁘게 만들었지. 나는 이런 새로운 기분에 도취되어 두 팔을 쫙 펼쳤어. 그러다 문득 내 몸이 줄어들었다는 사실을 깨달았네.

그 당시에는 내 방에 거울이 없었네. 이 글을 쓰는 지금 내 옆에 있는 거울은 이런 모습의 변화를 비춰 볼 목적으로 나중에 들인 것일세. 아무튼 밤이 지나고 새벽으로 접어들어 있었어. 아직 캄캄하긴 했지만 아침이 하루의 시작을 알릴 준비가 거의 되어 있었네. 내 집에 사는 사람들은 모두 깊은 잠에 빠져 있었지. 나는 희망과 승리감으로 들떠 새로운 모습으로 내 방까지 가 보기로 마음먹었네. 안마당을 가로지르는 나를 별들이 내려다보고 있었네. 잠들지 않고 불침번을 서던 별들도 생전 처음 보는 새로운 종류의 창조물을 보고 놀란 것 같았지. 나는 내 집에서 낯선 사람이 되어 복도를 살금살금 지나 내 방으로 향했고 그곳에서 처음으로 에드워드 하이드의 모습을 보았네.

나는 여기에서 이론만으로 그러니까 내가 아는 사실이 아니라 내가 생각하기에 가장 그럴듯한 추측으로 설명해야겠네. 방금 모습을 드러낸 악한 본성의 나는 갓 물러난 선한 본성의 나보다 강건하지도 못하고 발달도 덜 된 상태였어. 다시 한 번 말하지만 나는 이제까지 노력과 미덕 그리고 절제가 9할을 차지하는 삶을 살아왔기 때문에 악한 본성이 드러날 일도, 소모될 일도 훨씬 적었네. 내 생각에는 그래서 에드워드 하이드가 헨리 지킬보다 훨씬 작고 가냘프고 젊은 모습으로 나타난 것 같네. 지킬의 얼굴에서 선이 빛났다면 하이드의 얼굴에서는 악이 노골적이고도 또렷하게 드러나 있었지. 또한 악은(아직도 나는 악이 인간의 치명적인 면이라고 믿고 있네만.) 그 육체에 기형과 타락의 자국을 각인시켜 놓았네. 그럼에도 불구하고 나는 거울 속에서 그 추악한 모습을 봤을 때 혐오감이 전혀 들지 않았고 오히려 반가운 마음이 치솟았네. 그 모습 또한 나 자신이었으니까. 자연스럽고 인간적으로 보였네. 그 모습 속에 더욱 생기가 넘치는 정신이 담겨 있는 것 같았어. 그때까지 내 본모습이라고 여겼던 불완전하고 분열된 모습의 나보다 더 분명하고 정직했지. 그리고 적어도 그때까지는 그런 내 생각이 의심할 여지없이 옳았네. 내가 에드워드 하이드의 모습을 하고 있으면 누구나 처음에는 눈에 또렷이 보일 정도로 몸을 덜덜 떨며 가까이 오려 하지 않더군. 내가 보기에 모든 인간은 선과 악이 뒤섞여 있는 존재인데 반해 에드워드 하이드는 인류 가운데 유일하게 순수한 악으로 이루어진 존재이기 때문인 것 같았네.

나는 거울 앞에 잠시 머물렀네. 결정적인 두 번째 실험이 남아 있었기 때문일세. 내가 헨리 지킬로서의 정체성을 완전히 상실하고 다시는 헨리 지킬의 모습으로 돌아가지 못할 수도 있는지 확인해야 했어. 본래 내 모습으로 돌아갈 수 없다면 더 이상 내 집이 아닌 이곳에서 날이 밝기 전에 도망쳐야 했으니까. 서둘러 서재로 돌아와 다시 한 번 약을 조제해 마시자 또 다시 온몸이 뒤틀리는 고통이 찾아왔고 그 고통이 지나간 뒤 나는 헨리 지킬의 성품과 체격과 얼굴을 지닌 나로 돌아 올 수 있었네.

그날 밤 나는 운명의 교차로에 서 있었어. 내가 좀 더 숭고한 정신으로 내 발견에 접근했더라면, 관대하고 경건한 염원 아래에서 그 실험에 임했더라면 모든 것이 달라졌을 것이야. 그리고 그런 죽음과 탄생의 고통을 통해 나는 악마가 아니라 천사의 모습으로 태어났을지도 모르네. 하지만 약이 그런 것을 판단해 가며 작용하지는 않는 법이지. 약은 사악하지도 신성하지도 않네. 약은 나의 기질을 가두고 있던 감옥의 문을 흔들어 놓았을 뿐이야. 그 안에 있던 것이 빌립보의 포로들(*빌립보의 감옥에 갇혀 있던 바울로와 실리가 기도를 드리자 지진이 일어나며 감옥 문이 열렸다는 성경 「사도행전」 16장에서 따온 말.)처럼 튀쳐나온 것이지. 그때 나의 선은 잠들어 있었지만 나의 악은 야심에 차 깨어 있다가 기민하고 재빠르게 기회를 움켜잡았어. 그렇게 하여 튀어나온 것이 바로 에드워드 하이드네. 이제 나는 모습도 둘이 되었고 성격도 둘이 되었는데, 하나는 완전한 악인이고 다른 하나는 여전히 원래의 헨리 지킬이었어. 난 이렇게 뒤섞인 모순된 두 모습을 개조하거나 개선하는 일이 불가능하리라고 비관적으로 전망하고 있었지. 이런 식으로 상황은 더욱 나쁜 방향으로 흘러가고 있었네.

그 당시에 나는 무미건조한 연구 생활에 대한 혐오감을 극복하지 못했네. 그래서 때로는 즐겁게 놀아 보기도 했지. 내게 쾌락을 주는 일은 아무리 좋게 말해도 품위가 없었어. 하지만 안타깝게도 나는 유명하고 크게 존경받는 사람이지 않은가. 그래서 나이가 들수록 이런 모순된 생활이 달갑지 않아졌네. 이런 부분 때문에 나는 새로운 힘에 유혹당해 급기야 그 힘의 노예가 되고 말았지. 약을 마시기만 하면 당장 저명한 교수의 육신을 벗어 버리고 두꺼운 망토처럼 에드워드 하이드의 육신을 두를 수 있었네. 그런 생각만으로도 절로 미소가 떠올랐어. 그때는 그 일이 재미있을 것 같았지. 나는 최대한 신중하게 만반의 준비를 해 나갔네. 나는 먼저 경찰이 하이드를 추적해 찾아갔던 소호의 그 집을 구해 가구를 들여놓았네. 그리고 내가 잘 알고 지내던 과묵하면서도 부도덕한 여자를 가정부로 고용했어. 다른 한편으로 광장에 있는 내 집의 하인들에게 하이드의 인상착의를 설명해 주고 하이드란 자는 내 집에서 완전한 자유와 권한을 누린다고 선언했네. 그리고 혹시 모를 불상사를 피하기 위해 하이드의 모습으로 변해 집을 찾아가 하인들이 하이드의 얼굴을 익히도록 만들었지. 다음으로 나는 자네가 그토록 반대했던 유언장을 작성했는데, 내가 지킬 박사일 때 무슨 일이 닥치더라도 금전적인 손실 없이 에드워드 하이드인 채 살아 나가기 위해서였네. 이렇게 나는 계획대로 모든 면에서 대비책을 강화시켰어. 덕분에 나는 기이한 면책 상황으로 인해 득을 보기 시작했네.

사람들이 범죄를 저지를 때는 자객을 고용해 자신의 신분과 명예를 보호하곤 하지. 하지만 오로지 순수하게 자신의 쾌락을 위해 범죄를 저지른 사람은 내가 처음이었네. 요컨대 세상 사람들의 면전에서는 대단히 온화하고 고결한 인격자인 척하다가 빌려 입은 겉껍질을 순식간에 벗어던지고 자유의 바다로 뛰어들 수 있는 사람은 내가 처음이었단 말이네. 게다가 그 무엇도 꿰뚫을 수 없는 나만의 장막을 두르고 있는 한 나는 더없이 안전했지. 생각해 보게. 나는 존재조차 하지 않는 인물인 것을! 실험실 문 안으로 도피해서 준비해 둔 약을 마시는 데 단 일이 초면 충분하지. 그러면 무슨 짓을 저질렀든 에드워드 하이드는 거울에 서린 입김처럼 사라져 버리고 말아. 대신에 서재에서 평온하게 등잔 심지를 다듬고 있는 자는 바로 어떤 의혹이라도 일소에 부칠 수 있는 헨리 지킬이 되겠지.

내가 변장한 모습으로 구하고자 했던 쾌락은 앞서 말했듯이 '품위가 없는' 정도의 것이었어. 난 그보다 더 심한 표현은 쓰지 않으려 하네. 하지만 내가 에드워드 하이드의 손아귀에 들어가자 이내 구하고자 하는 쾌락은 극악무도한 쪽으로 향하기 시작했어. 나는 이러한 일탈에서 돌아왔을 때 하이드로서 내가 저지른 악행에 종종 깜짝 놀라고는 했네. 충분한 쾌락을 즐기기 위해 내 영혼에서 불러낸 친구는 본래부터 해롭고 극악무도한 존재였어. 모든 생각과 행동이 자기중심적이었고 다른 사람에게 심한 고통을 주면서 황홀한 쾌감을 느끼는 짐승이었지. 돌로 된 사람처럼 냉혹하기 짝이 없었네. 헨리 지킬은 때로 에드워드 하이드가 저지른 짓을 보고 혼비백산하기도 했네. 하지만 그런 상황은 통상적인 법에서 멀리 벗어나 있었기에 나는 자신도 모르는 사이에 양심의 통제에서 풀려났네. 어쨌든 죄를 지은 사람은 하이드가 아닌가. 그것도 순전히 하이드 혼자서 말이야. 지킬은 예전과 다름없었네. 지킬로 다시 깨어났을 때 그의 선한 인품은 손상되지 않아 보였고 가능한 한 서둘러 하이드가 저지른 악행을 원상태로 돌려놓으려고 했네. 이런 식으로 지킬의 양심도 점차 편해졌지.

내가 못 본 척 묵인한 악행들을(지금 이 순간도 난 내가 그런 짓을 저질렀다고 인정할 수 없네만.) 세세히 적고자 하는 마음은 없네. 다만 내가 응징받을 날이 다가오고 있음을 알리는 경고와 잇따른 움직임이 있었다는 사실은 말해 두고 싶어. 어떤 사건을 겪었는데 그다지 중요한 결과를 초래하지는 않았으니 그냥 간단히 언급하겠네. 내가 어떤 아이에게 잔인한 행동을 저질러 지나가던 행인의 분노를 불러일으킨 적이 있었네. 나중에 알고 보니 그 행인은 자네 친척이더군. 의사와 아이의 가족들이 그 행인과 합세하자 나는 순간적으로 이러다 목숨을 잃는 건 아닌까 불안했지. 그들의 분노는 너무나 당연했고 결국 에드워드 하이드는 그들의 분노를 달래기 위해 헨리 지킬의 명의로 된 수표로 돈을 지불해야 했네. 하지만 앞으로 또다시 그런 위험이 생기는 것을 미연에 방지하기 위해 다른 은행에 에드워드 하이드의 이름으로 계좌를 개설했네. 내 필체를 반대 방향으로 기울여 하이드의 서명을 만들어 주었지. 그러면서 나는 운명의 손아귀에서 벗어났다고 여겼네.

댄버스 경의 살인이 있기 두 달 전쯤 나는 모험을 즐기러 나갔다가 늦은 시각이 되어서야 집으로 돌아왔네. 다음날 아침 침대에서 깼는데 뭔가 이상한 느낌이 들더군. 주위를 둘러봤지만 그 이유를 알 수 없었어. 분명히 광장에 있는 내 집이었고 고상한 가구가 있는 높다랗고 넓은 내 방 안이었지. 침대 커튼의 문양과 마호가니 침대의 틀에 새겨진 무늬를 봐도 틀림없이 내 방이 맞았어. 하지만 자꾸 내가 있어야 할 곳이 아니라는 느낌이 들었네. 내 방에서 깨어난 것이 아니라 에드워드 하이드의 몸으로 잠들곤 했던 소호의 작은 방에서 깨어난 것 같다는 느낌이 들었단 말일세. 나는 피식 웃으며 느긋하게 이런 착각을 불러일으킨 요인들을 심리학적으로 분석해 보기 시작했네. 그러는 와중에도 이따금씩 깜빡깜빡 기분 좋은 아침잠에 다시 빠져들곤 했고 생각도 열심히 했어. 그러다가 좀 더 정신을 차린 순간 내 손에 눈길이 갔네. 자네가 종종 말했듯이 헨리 지킬의 손은 모양과 크기가 직업에 아주 적합하도록 크고 단단하며 희고 고왔지. 하지만 지금 내 눈앞에서 런던의 황금빛 아침 햇살을 받고 있는 손은, 반쯤 주먹 쥔 채로 이불 위에 놓인 그 손은, 여위고 힘줄이 불거진 데다 마디도 굵었으며 핏기 없이 거무죽죽하고 빠르게 자라난 털들로 뒤덮여 있었네. 그건 바로 에드워드 하이드의 손이었어.

너무 놀란 나머지 족히 삼십 초 정도는 멍하니 눈을 동그랗게 뜨고 손만 빤히 보았던 것 같네. 그러다가 심벌즈가 쾅 울린 것처럼 갑자기 화들짝 놀라며 내 가슴에 공포가 밀려왔네. 나는 침대에서 튀어나와 거울 앞으로 돌진했네. 내 시선과 마주친 거울 속의 모습에 나는 그만 온몸의 피가 묽어지며 얼음처럼 차가워지는 듯했어. 그랬네. 나는 헨리 지킬로 잠들었는데 에드워드 하이드로 깨어났던 것일세. '이 일을 어떻게 설명해야 할까?' 하고 스스로에게 물었네. 그러다가 '어떻게 바로잡을 것인가?' 하는 또 다른 공포가 밀려왔네. 이미 아침이 밝은 지 한참이 지나 있었고 하인들도 모두 일어났지. 그런데 내 약은 모두 서재에 있었단 말일세. 게다가 서재까지는 먼 거리였어. 내가 공포에 질려 서 있던 방에서 계단을 두 층 내려가 뒤쪽 복도를 지난 다음 탁 트인 안마당을 가로질러 해부 강의실까지 지나야 했네. 얼굴을 가린다고 해도 달라진 체구는 감출 수가 없는데 그게 무슨 소용이 있겠나 싶었네. 그러다 문득 하인들은 나의 또 다른 자아가 이 집을 드나드는 것에 익숙해져 있다는 데까지 생각이 미치면서 주체할 수 없이 감미로운 안도감이 밀려왔네. 곧바로 내 몸에 맞는 옷을 찾아 입고 재빨리 집 안을 통과했지. 하지만 마침 그 시간에 브래드쇼가 이상한 차림을 한 하이드를 빤히 쳐다보며 뒷걸음질을 쳤네. 그리고 십 분 뒤 지킬 박사의 모습으로 돌아온 나는 우울한 표정으로 자리에 앉아 아침 식사를 하는 척했지.

사실 식욕이 별로 없었어. 설명할 수 없는 이 사건, 나의 이전 경험을 뒤집는 이 반전은 마치 바빌로니아의 벽에 나타난 손가락(*고대 바빌로니아 왕궁의 벽에 손가락이 나타나 이상한 글을 써 내려갔는데 마지막 황제 발사자르를 심판하고 몰락을 예언하는 내용이었다.)처럼 내가 받을 심판의 내용을 한 자 한 자 써 내려가는 듯했네. 나는 이중 존재가 안고 있는 문제점과 가능성을 이전보다 훨씬 심각하게 고민하기 시작했네. 최근 들어 또 다른 나로 변신하는 일이 잦아지면서 또 다른 내가 그만큼 많이 자란 것 같았네. 그러고 보니 최근 들어 에드워드 하이드의 체구가 커진 것 같았고 내가 그의 몸을 하고 있을 때면 혈액도 더 원활히 도는 것 같았지. 만약 이 상태가 오랫동안 지속된다면 내 본성의 균형은 영원히 깨져 약을 먹지 않아도 저절로 하이드로 변하는 일이 많아질 거야. 에드워드 하이드의 성격이 돌이킬 수 없을 만큼 내 성격으로 굳어질 수도 있고. 나는 이런 위험들을 감지하기 시작했네. 약의 효능도 늘 다르게 나타났지. 아주 초기에는 완전히 실패한 적도 한 번 있었어. 그때

이후로 복용량을 두 배로 늘려야 했던 적도 여러 번 있었고, 한 번은 죽을지도 모르는 커다란 위험을 무릅쓰고 양을 세 배로 늘린 적도 있었네. 이처럼 드물게 일어나던 불안정한 일들만이 나의 만족에 드리워진 유일한 그림자였네. 하지만 그날 아침에 일어난 사건으로 보아 확실히 알 수 있었네. 초기에는 지킬의 육신을 벗어던지기가 어려웠던 반면 최근 들어서는 점진적이긴 하나 분명히 반대 현상이 벌어지고 있는 것이었네. 그러므로 이 모든 일들은 한 가지 결론을 가리키고 있는 거야. 즉 나는 서서히 내 본래의 선한 자아를 잃어 가고 제2의 악한 자아와 결합되어 가고 있었던 것이네.

이제 나는 이 둘 가운데 하나를 선택해야 할 것 같았네. 나의 두 본성은 기억만 공유하고 있을 뿐 다른 부분들은 아주 판이하게 달랐지. 선과 악이 공존하는 지킬은 이제 굉장히 민감해졌고 걱정도 많아졌어. 게다가 탐욕스런 기호도 갖고 있었기에 이를 하이드의 쾌락과 모험에 투사시켜 공유하게 되었네. 하지만 하이드는 지킬에게 무관심했어. 아니, 하이드는 지킬을 마치 쫓기던 산적이 몸을 숨기는 동굴 정도로 여겼네. 지킬이 아버지 이상으로 관심을 가졌다면 하이드는 아들 이상으로 무심했지. 나의 운명을 지킬과 함께하려면 나의 욕망들을 버려야만 해. 오랫동안 남몰래 탐닉해 왔지만 최근 들어서야 비로소 충분히 만족시킬 수 있었던 나의 욕망들을 말이야. 반대로 나의 운명을 하이드와 함께하려면 수많은 관심사와 열망을 버려야 하지. 그리고 영원히 멸시당하고 친구도 없이 살아야 했네. 불공평한 홍정으로 보이겠지만 아직 고려해야 할 사항이 하나 더 남아 있었어. 그건 바로 지킬은 절제의 고통을 쓰라리게 겪을 테지만 하이드는 자신이 무엇을 잃든 의식조차 못할 것이라는 점이었지. 내가 처한 상황이 기이하긴 했지만 사실 이런 식의 논쟁은 인류의 역사만큼이나 오래되고 진부한 것이야. 이와 같은 유혹과 불안이 유혹에 끌리고 불안에 벌벌 떠는 죄인 앞에 운명의 주사위를 던지는 법일세. 그리고 주사위가 내 앞에 던져졌을 때 다른 많은 사람들이 그렇듯 나도 선한 쪽을 선택했지만 이젠 내게 그것을 지켜 낼 힘이 부족하네.

그래, 난 나이도 지긋하고 불만도 많지만 그래도 많은 친구들과 어울리고 정직한 희망을 소중히 여기는 의사를 택했다네. 그리고 하이드로 변신해 즐겼던 자유와 젊음, 경쾌한 걸음걸이와 고동치는 맥박, 은밀한 쾌락과 단호하게 작별했네. 그런데 지킬을 선택하고도 소호의 집을 처분하지 않고 에드워드 하이드의 옷도 없애지 않은 채 서재에 그대로 보관하고 있는 걸 보면 내게 무의식중에 미련이 남아 있었던 모양이네. 하지만 나는 두 달 동안 내 결정을 충실히 지켰네. 두 달 동안 나는 어느 때보다 엄정하게 살았고 그 보상으로 양심의 만족을 누렸네. 하지만 결국 시간이 지나면서 생생했던 불안도 가시고 양심의 찬양도 당연하게 여기기 시작했지. 마치 하이드가 자유를 달라고 내 안에서 몸부림치고 있는 듯 나는 극심한 고통과 갈망에 시달리기 시작했어. 그리고 마침내 도덕적으로 나약해진 순간 나는 다시 한 번 변신하는 약을 조제해서 삼키고 말았다네.

술고래가 자신의 주벽에 대해 그럴듯한 핑계를 대며 술을 계속 마실 때에는, 인사불성으로 몸을 가누지 못하게 되는 바람에 생기게 될 위험 따위는 고려하지 않는 법이지. 그런데 나 역시도 내가 처한 상황을 오랫동안 고민해 왔으면서 에드워드의 주된 성격인 철저한 도덕적 무감각과 악에 대한 무분별한 탐닉을 충분히 감안하지 못했다네. 내가 벌을 받게 된 것은 바로 그 때문이었어. 내 안에 오랫동안 갇혀 있던 악마가 포효하며 뛰쳐나왔지. 약을 마시는 바로 그 순간에도 한층 더 난폭해지고 강렬해진 악에 대한 성향을 자각할 수 있었어. 내 추측으로는 바로 이러한 이유 때문에, 불행한 희생자 댄버스 경의 정중한 말을 듣고 내 영혼에 조바심의 폭풍이 사납게 일었던 것 같네. 신을 두고 맹세컨대 정신이 온전한 사람이라면 그런 사소한 자극 때문에 그토록 끔찍한 범죄를 저지를 순 없네. 아픈 아이가 갑자기 장난감을 깨부숴 버리는 것처럼 나도 갑자기 제정신이 아닌 상태가 되는 바람에 그런 일을 저지르고 말았던 것일세. 인간에게는 유혹 속에서도 한쪽으로 넘어지지 않고 균형을 잡으려는 본능이 있기 때문에 아무리 최악의 인간이라고 해도 유혹에 넘어 가지 않고 웬만큼 꿋꿋이 걸어갈 수 있는 법일세. 하지만 나는 자발적으로 스스로에게서 그런 본능을 떼어 내 버렸던 거지. 그래서 내 경우엔 아무리 사소한 유혹에라도 그저 빠져 버릴 수밖에 없었네.

지옥의 악령이 내 안에서 깨어나 미친 듯이 날뛰었네. 난 기쁨에 도취된 채 아무 저항도 못하는 그자를 난폭하게 다루었고 한 대 한 대 내려칠 때마다 희열을 맛보았네. 그러다가 슬슬 지치기 시작할 때쯤 나의 광란이 최고조에 이른 가운데 갑자기 차가운 공포의 전율이 내 가슴을 휩쓸고 지나갔네. 안개가 걷혔고 난 내 인생이 끝났음을 깨달았네. 나는 기쁨과 전율을 동시에 느끼며 즉시 범죄 현장에서 도망쳤어. 나의 사악한 욕망은 충족되었고 한껏 고무되었지만 한편으로는 삶에 대한 애착도 최고로 간절해졌네. 나는 소호의 집으로 달려가 만전을 기하기 위해 서류를 모두 없앴지. 그런 뒤 가로등이 켜진 거리로 나왔을 때 내 마음은 여전히 극과 극의 감정에 사로잡혀 있었네. 한편으로는 내가 저지른 범죄에 흐뭇해하며 앞으로 저지를 또 다른 범죄들을 궁리했지. 또 한편으로는 여전히 발길을 재촉하며 누가 보복을 하러 쫓아오지는 않는지 발소리에 귀를 기울였어. 하이드는 노래까지 흥얼거리며 약을 조제하고 죽은 자를 위해 건배한 뒤 마셨네. 그는 변신의 고통에도 갈기갈기 찢겨 버리지 않았고 다시 헨리 지킬로 변해 감사와 후회의 눈물을 흘리며 무릎을 꿇고 두 손을 모아 하느님께 기도를 올렸네. 방종의 장막이 머리끝에서 발끝까지 완전히 찢겨 나가자 내 삶 전체가 보였네. 아버지의 손을 잡고 걸었던 어린 시절부터 시작하여 극기하며 고단하게 살아왔던 의사로서의 삶을 지나 그날 밤의 끔찍했던 참상의 순간까지 비현실적인 느낌으로 자꾸만 되풀이해서 이르곤 했네. 난 크게 소리를 내지르고 싶었지만 그러지 못했고 내 의지와 상관없이 기억 속으로 밀어닥치는 그 흉측한 장면과 소리를 눈물과 기도로 억누르려 했네. 하지만 기도를 올리는 사이에도 내 악행의 추악한 얼굴이 영혼을 노려보고 있었네. 그런데 격한 회한의 감정이 서서히 가시면서 뒤이어 기쁨이 찾아왔네. 내 행실의 문제는 간단히 해결될 수 있었지. 이제부터 하이드가 세상에 존재하지 않게 만들면 되는 거였네. 내가 원하든 원하지 않든 나는 더 나은 존재로만 살아가면 되는 거였지. 아, 그 생각만으로도 얼마나 기쁘던지! 나는 기꺼운 마음으로 다시 삶의 제약을 겸허하게 받아들였네! 진심으로 포기했으며 그토록 자주 드나들던 문을 잠그고 열쇠를 짓밟아 버렸다네!

다음날 건물 위에서 그 살인 사건을 목격한 사람이 나타나 하이드의 죄가 만천하에 드러났어. 희생자는 세상 사람들에게 평판이 높은 자라는 소식도 전해졌지. 그것은 단순한 범죄가 아니라 비극적인 참사였어. 난 그 사실들을 알고 나니 차라리 잘됐다는 생각이 들었네. 교수형에 대한 두려움이 나의 선한 충동을 지지하고 지켜 줄 테니까 말이야. 오히려 감사했네. 하이드가 살짝 고개만 내밀어도 모든 사람들이 달려들어 그를 잡아 죽이려 들 테니까. 이제 지킬의 모습을 지키는 일은 나에게 있어 도피처나 다름없었네.

나는 앞으로 선행을 통해 지난날의 과오를 씻으리라 결심했고 솔직히 말해 내 결심은 어느 정도 좋은 결실을 맺었네. 지난해 마지막 몇 달 동안 내가 얼마나 진지하게 고통받는 사람들을 구제하려 애썼는지 누구보다 자네가 더 잘 알 것이네. 다른 사람들을 위해 많은 일을 하면서 시간은 조용히 흘러갔고 그 정도면 행복하다고 여겨도 될 정도였단 것을 자네도 알 걸세. 선행을 베푸는 순수한 생활에 전혀 싫증도 나지 않았네. 오히려 그런 생활을 날마다 더욱 완벽하게 즐겼던 것 같아. 하지만 나는 여전히 목적의 이중성에 시달리고 있었지. 날카로웠던 참회의 칼날이 점차 무뎌지면서, 지금까지는 욕망을 맘껏 채웠으나 최근에는 사슬에 묶여 버려야 했던 나의 저급한 자아가 풀어 달라고 으르렁거리기 시작했어. 내가 하이드의 소생을 꿈꾸었던 것은 아니네. 그건 생각만 해도 소스라치게 놀라고 광분할 일이었으니까. 하지만 바로 내 안에서 다시 한 번 양심을 농락해 보고 싶은 유혹이 일었고 마침내 나는 평범하고 은밀한 죄인으로서 유혹의 공격 앞에 굴복하고 말았네.

　모든 일에는 끝이 있게 마련이지. 가장 큼직한 통도 결국엔 채워지기 마련일세. 그리고 나는 악한 본성에 아주 잠깐 저자세를 취했다가 결국 영혼의 균형을 무너뜨리고 말았네. 그런데도 나는 불안하지 않았어. 그 정도 무너지는 것쯤은 약을 발견하기 이전으로 되돌아간 것처럼 자연스러워 보였기 때문일세. 화창하고 맑은 1월의 어느 날이었지. 서리가 녹으면서 땅은 축축했고 하늘에는 구름 한 점 없었네. 리젠트 공원은 겨울새들이 지저귀는 소리와 향긋한 봄 내음으로 가득했지. 나는 햇살 좋은 벤치에 앉아 있었네. 내 안의 짐승이 기억의 편린들을 핥고 있는데도 숭고한 자아는 나중에 얼마나 후회하게 될지 모르고 꾸벅꾸벅 졸며 전혀 움직일 생각을 하지 않았네. 결국에는 나도 다른 사람들과 다를 바 없다고 생각했지. 그러다가 적극적으로 선의를 베푸는 나 자신과 선의를 베푸는 일을 등한시하는 잔인할 정도로 나태한 다른 사람들을 비교하며 씩 웃었어. 그런 허영심 가득한 생각을 하는 바로 그 순간 갑자기 현기증이 나며 지독한 메스꺼움이 일고 몸이 심하게 떨리기 시작했네. 그런 증상들은 곧 가라앉았지만 나는 기절하고 말았네. 그런데 다시 정신을 차리고 보니 생각할 때의 기질이 바뀐 듯했어. 훨씬 대담해지고 위험도 아랑곳하지 않았으며 의무의 굴레에서 벗어나 있었지. 아래를 내려다보니 줄어

든 팔다리에 옷이 볼품없게 걸쳐져 있었네. 무릎에 놓인 손에는 힘줄이 불거지고 털이 수북했어. 나는 또다시 에드워드 하이드로 변해 있었던 거야. 조금 전까지만 해도 나는 모든 사람들의 존경과 사랑을 한 몸에 받는 부유하고 훌륭한 사람이었는데 말일세. 그리고 내 집 식당에는 나를 위한 식탁이 차려져 있었을 테고 말이야. 그런데 이제 나는 세상 모든 사람들 공동의 사냥감이 되었고 집도 없이 쫓기면서 언제 교수대로 끌려갈지 모르는 악명 높은 살인자 신세로 전락하고 말았다네.

내 판단력이 흔들리긴 했어도 완전히 나를 저버리지는 않았어. 내가 여러 번 목격한 바에 따르면 두 번째 자아로 변했을 때 능력은 더 예리해졌고 마음은 더 탄력적이며 자유자재로 변하는 듯했어. 그래서 지킬이라면 무릎을 꿇었을 일에도 하이드는 중요한 순간에 벌떡 일어서고는 했지. 내 약은 서재의 유리로 된 진열장에 들어 있었네. 어떻게 손에 넣을 것인가? 그것이 바로 내가 두 손으로 관자놀이를 눌러 가며 풀어야 할 숙제였네. 실험실 문은 이미 내 손으로 폐쇄해 버린 상태였지. 집에 들어가면 내 하인들이 나를 교수대로 넘길 게 분명했네. 결국 다른 사람의 손을 빌려야만 했는데 문득 래니언이 떠올랐어. 래니언에게 어떻게 연락하지? 또 어떻게 설득 시키지? 거리에서는 잡히지 않는다 치더라도 래니언의 집까지 어떻게 가고? 그리고 생면부지의 불청객인 하이드가 어떻게 그 유명한 의사를 설득하여 동료인 지킬 박사의 서재를 뒤지게 만든단 말인가? 바로 그때 내게 원래 자아의 한 부분이 아직 남아 있다는 사실이 떠올랐네. 바로 지킬의 필체! 지킬의 필체로 편지를 써 보내면 된다는 생각이 번득 떠오르자 해야 할 일이 처음부터 끝까지 훤히 보였네.

그 즉시 나는 옷매무새를 최대한 가다듬고 지나가는 마차를 불러 탔네. 때마침 머릿속에 떠오른 포틀랜드 거리에 있는 한 호텔로 향했지. 내 모습을 보고 마부는 웃음을 감추지 못했네. 내 옷에 감춰진 운명은 한없이 비극적이었지만 차림새 자체는 정말로 우스꽝스러웠기 때문이네. 내가 불같이 격노하며 이를 갈자 그의 얼굴에서 웃음이 싹 사라졌는데 그에게는 다행한 일이었고 나에겐 더욱더 다행한 일이었지. 그렇지 않았다면 당장 그자를 마부석에서 끌어내렸을 테니까 말일세. 호텔에 도착한 뒤 안으로 들어가며 잔뜩 화난 얼굴로 주위를 둘러봐서 종업원들을 벌벌 떨게 만들었네. 종업원들은 내 앞에서 눈짓도 교환하지 못한 채 지시를 고분고분하게 따르며 방으로 안내했고 필기도구를 가져다주었네. 내게 있어서 죽을 위험에 처한 하이드는 아주 낯선 존재였어. 과도한 분노로 몸을 떨었고 살인 충동으로 인해 극도로 예민해졌지. 또한 다른 사람들에게 고통을 주기를 갈망하고 있었어. 그렇지만 그자는 영악했네. 대단한 의지와 노력으로 분노를 억누르며 두 통의 중요한 편지를 썼는데, 한 통은 래니언에게 보내는 것이었고 다른 한 통은 풀에게 보내는 편지였지. 그리고 편지가 제대로 발송됐는지 확인하기 위해 등기로 보내라는 지시를 내리며 편지를 맡겼네.

그 후 하이드는 하루 종일 손톱을 물어뜯으며 호텔 방 난로 옆에 앉아 있었네. 식사도 두려움에 떨며 호텔 방에서 홀로 했는데 웨이터는 잔뜩 주눅이 든 채 그 옆에 서 있었지. 그런 뒤 밤이 깊어지자 그는 덮개가 있는 마차 한구석에 앉아 런던 거리를 이리저리 돌아다녔네. 내가 하이드를 '그'라고 부르는 건 차마 '나'라고 말할 수 없기 때문일세. 그 지옥의 자식에게 인간적인 면모라고는 하나도 없었어. 그의 안에는 공포와 증오 외엔 아무것도 살지 않았네. 그러다가 마침내 마부가 의심을 품기 시작한 것 같아 마차에서 내려 걷기 시작했네. 맞지 않는 옷차림을 하고 있어서 사람들의 시선을 끌기 쉬웠지만 그래도 밤길을 오가는 행인들 속으로 걸어 들어갔네. 그의 마음속에는 공포와 증오, 그 두 가지 격렬한 감정이 폭풍우처럼 사납게 휘몰아쳤네. 공포에 쫓겨 발걸음을 재촉했고 혼잣말을 지껄이며 인적이 드문 길로 피해 다녔지. 시간을 재 봤지만 자정까지는 아직도 꽤 남아 있었어. 한 번은 어떤 여자가 성냥갑 같은 것을 내밀며 말을 걸더군. 그가 여자의 얼굴을 세게 후려쳤고 여자는 달아났네.

래니언의 집에서 내가 진정한 나 자신으로 돌아왔을 때, 오랜 친구가 느낀 공포에 나도 다소 영향을 받은 것 같긴 했지만 확실하지는 않네. 내가 지난 시간들을 되돌아보며 느낀 혐오감에 비하면 그 친구의 공포는 바다에 떨어진 물 한 방울에 불과할 거야. 어쨌든 내게는 변화가 일어나 있었네. 나를 괴롭히는 것은 이제 더 이상 교수대에 대한 두려움이 아니라 하이드로 변하는 것 자체에 대한 공포였어. 얼마간 꿈을 꾸듯 몽롱한 상태로 래니언의 비난을 들은 것 같아. 그렇게 꿈을 꾸는 듯 몽롱한 상태로 집에 돌아와 잠자리에 들었지. 피곤했던 하루를 보낸 뒤라 나를 짓누르는 악몽조차도 깨우지 못하는 절박하고 깊은 잠 속으로 빠져들었네. 아침에 일어나자 몸이 떨리고 기운이 없었지만 기분은 상쾌했어. 하지만 내 안에 잠들어 있는 그 짐승을 생각하면 여전히 혐오스럽고 두려웠지. 물론 전날의 간담 서늘했던 위험도 잊지 않았네. 하지만 나는 다시 예전처럼 집에 와 있었네. 나의 집에, 약이 있는 곳에 가까이 돌아와 있었어. 위험한 순간에서 벗어난 데 대한 감사의 마음이 내 영혼 안에서 어찌나 환하게 빛나던지 거의 희망의 빛에 필적할 만했네.

난 아침 식사를 한 뒤 한가로이 안마당을 거닐며 기분 좋게 차가운 공기를 마시고 있었네. 그런데 바로 그때 나는 또다시 변신을 예고하는, 명확히 표현하기 힘든 그 느낌에 휩싸였네. 겨우 서재로 피할 정도의 시간 밖에 없었고 다시 한 번 하이드의 격정으로 미친 듯이 날뛰며 몸서리를 쳤네. 이번에는 약의 양을 두 배로 늘리고서야 나 자신으로 돌아올 수 있었지. 그런데 애석하게도 여섯 시간 뒤 비탄에 젖어 난롯불을 바라보며 앉아 있는데 그 고통이 다시 찾아왔어. 그래서 또다시 약을 복용해야 했네. 간단히 말해 그날 이후로 체조를 할 때처럼 부단히 노력을 기울이고 즉시 약을 복용해야만 지킬의 모습을 지킬 수 있게 되었네. 밤낮을 가리지 않고 몸이 떨리는 전조 증상에 시달렸어. 무엇보다도 잠이 들거나 의자에서 깜빡 졸기라도 하면 어김없이 하이드로 변해 깨어났네. 이처럼 파멸이 닥칠까 봐 끊임없이 긴장했고 내가 자초한 형벌이긴 하지만 인간으로서 도저히 견디지 못할 정도로 잠을 이루지 못한 탓에, 나는 본래의 나일 때에도 초조함에 사로잡혀 얼이 빠지고 몸과 마음에 기운이 하나도 남지 않게 되었어. 그렇게 허약해진 채로 오직 한 가지 생각, 즉 나의 또 다른 자아에 대한 공포에만 사로잡힌 사람이 되어 버렸네. 그러나 잠이 들거나 약효가 떨어지면 나는 변신 과정도 없이(변신의 고통은 나날이 줄어들었다네.) 거의 곧바로, 무서운 이미지들로 가득 찬 공상과 이유 없는 증오로 들끓는 영혼, 격렬한 삶의 에너지를 억누르기에는 역부족인 육체에게 점령당하곤 했네. 지킬이 병약해져 갈수록 하이드의 힘은 강해지는 듯했어. 그리고 그들을 갈라놓고 있는 증오는 이제 양쪽 모두에게 똑같이 나타났네. 지킬에게 증오는 생존 본능과도 같은 감정이었어. 지킬에게는 자신과 의식 현상 일부를 공유하고 죽음도 같이할 하이드의 결함이 전부 보였네. 가장 통렬한 고통을 안겨 준 이러한 공존 관계를 떠나서 생각해 보더라도 지킬은 하이드가, 삶의 에너지가 넘침에도 불구하고 악마 같을 뿐만 아니라 생명이 없는 무기물처럼 여겨졌네. 정말로 충격적인 일이었지. 더럽고 끈적끈적한 지옥의 물질이 울부짖으며 소리를 내고, 형태 없는 티끌이 손짓 발짓을 하며 죄를 짓고, 생명도 형체도 없는 것이 생명의 자리를 빼앗으려 하니까 말일세. 또다시 그러한 반란에 대한 공포가 아내보다 더 가까이, 눈보다 더 가까이 지킬에게로 밀려들었네. 지킬의 몸속에 갇힌 그 괴물이 투덜대는 소리가 들리고 밖으로 빠져나오려고 발버둥치는 게 느껴졌어. 그리고 그 괴물은 지킬이 약해지는 순간마다, 잠에 빠지는 순간마다 지킬을 압도해 생명을 앗아 갔지. 사실 하이드가 지킬에게 품은 증오는 차원이 다른 것이었네. 하이드는 사람들에게 붙잡혀 교수형을 당하게 될까 두려워 자신을 일시적으로 죽이고 인간의 몸에 종속된 일부가 되어 숨을 수밖에 없었어. 하지만 하이드는 그럴 수밖에 없는 상황이 몹시 싫었고 지킬이 의기소침해진 것도 지긋지긋했지. 그리고 지킬이 자신을 혐오한다는 사실에도 분개했네. 그래서 하이드는 내 책에

나의 필체로 불경스런 글을 휘갈겨 써 놓거나 편지를 태운다
거나 내 부친의 초상화를 부숴 놓는 치사하고 비열한 짓거리
로 나를 골탕 먹이곤 했네. 사실 죽음에 대한 두려움이 없었더
라면 이미 오래전에 그는 나를 파멸시키기 위해 스스로를 파
멸시켰을 걸세. 하지만 목숨에 대한 그의 애착은 정말 놀라웠
네. 더욱더 자세히 얘기하자면 나는 그자를 생각만 해도 욕지
기가 나고 몸서리가 쳐져. 하지만 목숨에 대해 비굴할 정도로
강한 애착을 보이는 그를 떠올릴 때면, 내가 자살하여 자신을
잘라내 버릴까 봐 얼마나 두려워하는지 느껴질 때면 마음 한
편으로 그가 불쌍하게 여겨지기도 했네.

　이렇게 길게 설명을 늘어놓아 봐야 무슨 소용이 있겠는가.
게다가 그럴 시간도 별로 없네. 그냥 이토록 심한 고통을 겪은
사람은 어느 누구도 없었다고 말하면 족할 것 같네. 하지만 이
런 고통도 말일세. 습관이 되어서(아, 그렇다고 고통이 덜어졌
다는 얘긴 아니네.) 영혼에 굳은살이 박인 것처럼 고통에도 무
감각해지고 절망도 어느 정도 모르는 척 눈감아 주게 되더군.
이대로라면 나의 형벌은 수 년 동안 계속되었을지도 모르네.
하지만 마지막 재앙이 닥쳤고 결국 내게서 나의 얼굴과 본성
을 떼어 놓고 말았지. 첫 실험 이후 한 번도 보충하지 않았던
염류의 재고가 바닥을 보이기 시작한 거야. 나는 사람을 보내
새로 염류를 구입하여 약을 조제했네. 조제한 약이 부글부글

끓어오르면서 첫 번째 색깔 변화을 보였지만 두 번째 색깔 변화는 일어나지 않았어. 약을 마셔 보았지만 아무런 효과가 없었지. 풀에게 물어보면 알 걸세. 내가 런던 구석구석을 얼마나 샅샅이 뒤지게 했는지. 그렇지만 헛일이었어. 지금 생각해 보니 내가 처음에 구입했던 염류에 불순물이 섞여 있었고 그 알 수 없는 불순물로 인해 내 약이 효과를 발휘한 것은 아닌가 싶어.

　일주일가량이 지났고 나는 지금 마지막 남은 약의 기운을 빌려 이 글을 마무리하고 있네. 기적이 일어나지 않는 한 지금 이 순간이 헨리 지킬이 자신의 머리로 생각하고 거울에 비친 자신의 얼굴을(슬프게도 이제는 너무나 많이 변해 버렸어!) 볼 수 있는 마지막 순간이네. 더 이상 지체하다간 이 글을 끝내지 못할지도 모르네. 이 글이 지금까지 파기되지 않을 수 있었던 것은 굉장히 신중을 기한 동시에 대단한 행운이 따랐기 때문일세. 이 글을 쓰는 중에 극심한 변신의 고통이 찾아와 하이드로 변한다면 곧바로 하이드가 이 글을 갈가리 찢어 버릴 것이네. 하지만 내가 이 글을 따로 잘 감춰 놓은 뒤 얼마간 시간이 흐르고 나서 하이드로 변신한다면, 오로지 자기 자신만 생각하고 순간순간에만 집중하는 하이드의 성향 덕분에 이 글은 치사한 분풀이를 피해 무사히 살아남을 수 있을지도 모르겠네. 우리 둘에게 서서히 다가오고 있는 비극적인 운명은 이미 그를 변하게 했고 압박했네. 지금으로부터 삼십 분이 지나면 나는 다시 그리고 영원히 그 혐오스런 존재로 변해 있을 걸세. 아마 의자에 앉아 몸을 떨며 울고 있겠지. 아니면 극도의 긴장과 두려움에 사로잡힌 채 지상에서 마지막 피난처나 다름없는 이 방을 왔다 갔다 서성이며 뭔가 위협적인 소리가 들리지는 않는지 귀를 기울이고 있겠지. 하이드가 교수대 위에서 죽을까? 아니면 마지막 순간에 용기를 내어 스스로를 놓아줄까? 오직 하느님만이 아시겠지만 난 어찌되든 개의치 않아. 지금 이 순간은 내 진정한 죽음의 시간이며 이후 일어나는 일은 내가 아니라 하이드와 관련된 일이니까. 그럼 이제 그만 펜을 내려놓고 내 고백의 글을 봉하면서 불행한 헨리 지킬의 삶을 마감하고자 하네.

인간의 이중성을 파헤친 걸작

고전 가운데에는 제목과 내용을 익히 알고 있다 보니 실제로 그 작품을 읽었다고 착각하는 경우가 간혹 있다. 내게는 『지킬 박사와 하이드』가 그러했다. 번역을 의뢰 받고서야 이 책을 읽은 적이 없다는 사실을 깨달았으니 대단한 착각을 안고 살았던 셈이다. 아마도 '지킬 박사와 하이드'가 인간의 양면성을 나타내는 개념으로 자리 잡고 있는 까닭에 읽었다고 여기지 않았을까 싶다. 또한 로버트 루이스 스티븐슨을 왜 『보물섬』의 작가로만 기억하고 있었는지도 모를 일이다. 『지킬 박사와 하이드』와 『보물섬』은 고전 중의 고전으로 너무도 유명했기에 제목과 작가를 정확히 기억하고 있었지만 각각의 작가가 동일 인물이란 생각은 미처 하지 못했던 것이다. 두 작품의 성향과 분위기가 너무나도 달라 연결 고리를 찾지 못하고 각각 다른 작가의 작품으로 인식했던 모양이다.

이 책의 저자인 로버트 루이스 스티븐슨은 1850년 스코틀랜드 에든버러의 유복한 집안에서 태어났다. 어린 시절부터 병약했던 탓에 야외 활동보다는 글쓰기와 책 읽기를 즐겼고 법대를 졸업한

후 변호사 자격을 취득했지만 폐 질환 때문에 따뜻한 나라로 요양을 하며 세계를 떠돌아다녔다. 이런 배경으로 말미암아 해양 모험 소설의 고전인 『보물섬』이 나올 수 있었다. 그리고 다방면에 걸친 지식, 내면에 대한 끝없는 성찰과 사색을 바탕으로 또 하나의 고전인 『지킬 박사와 하이드』까지 탄생시켰다. 병마에 시달렸던 불행한 개인사가 수많은 독자들에게 사랑받는 주옥같은 작품의 밑거름이 되었으니 그야말로 아이러니가 아닐 수 없다.

인간의 양면성을 미스터리 형식으로 풀어낸 걸작 『지킬 박사와 하이드』는 지킬 박사의 오랜 지기인 어터슨 변호사가 화자가 되어 진행된다. 어터슨 변호사는 우연히, 무척 혐오스런 사내가 런던의 어두운 뒷골목에서 여자 아이를 무참히 짓밟고 지나가다가 행인에게 붙잡힌 사건에 대한 이야기를 듣게 된다. 그 사내는 사건 무마를 위해 '지킬 박사'의 명의로 된 수표를 건넸는데 마침 어터슨 변호사는 지킬 박사가 사망할 시 모든 재산을 하이드에게 상속한다는 유언장을 보관하고 있던 터였다. 어터슨 변호사는 그 혐오스런 사내가 하이드임을 알게 되고 지킬 박사가 하이드에게 협박을 받고 있는 것이라고 추측한다. 그래서 친구를 위험에서 구해 내고자 둘의 관계에 의문을 품고 진실을 파헤치기 시작한다. 사건의 실체에 접근하자 점잖고 선한 지킬 박사가 자기 내면의 악에 대한 욕망을 억누르지 못하고 선과 악을 따로 분리하여 두 존재로 살아갈 수

>>>

있는 약을 만들었음이 밝혀진다. 하지만 지킬 박사는 갈수록 힘이 강해지는 하이드를 제어하지 못하는 지경에 이르고 하이드는 온갖 악행도 모자라 급기야 살인까지 저지르고 만다. 지킬 박사는 더 이상 하이드로 변신하지 않겠다고 결심하지만 이미 너무 늦어 버린 것이다.

『지킬 박사와 하이드의 기이한 사례』라는 원제에서 볼 수 있듯 이 작품은 편지, 증언, 진술서 형식의 복합적인 구성을 통해 법적, 의학적 사례 연구 형식을 띤다. 이에 더하여 소설의 화자를 어터슨 변호사로 설정함으로써 객관적이고 사실적인 효과를 극대화시키고 있다. 그리고 지킬 박사의 최후 진술서를 통해 사건의 전모가 밝혀지는 순간을 마지막까지 미룸으로써 독자들이 강한 호기심 속에 긴장의 끈을 놓지 못하게 만든다. 하지만 현대의 독자들은 이 책을 읽기도 전에 이미 지킬 박사가 하이드라는 사실을 잘 알고 있을 것이다. 그래서 이 작품이 처음 세상에 나왔을 1886년 당시만큼의 긴장감과 재미는 얻지 못할 것 같아 아쉽다. 그야말로 결말에 반전을 감춘 영화의 내용을 미리 알고 보는 셈이나 마찬가지이니까. 아마도 사전 정보 없이 이 소설을 접했던 당시의 독자들은 지킬 박사의 최후 진술서로 충격적인 결말을 던지는 이 소설에 열광하지 않았을까. 하지만 내용을 알고 있어도 어린이뿐 아니라 청소년, 성인들까지 한 번쯤은 반드시 읽어 볼 만한 훌륭한 작품이다.

인간 내면의 선과 악의 대립을 주제로 한 작품들의 효시 격으로 수많은 아류작을 낳은 이 작품의 완역본을 통해 왜 이 작품이 공포소설의 고전으로 자리매김했으며 출간된 지 100년이 훨씬 넘은 지금까지도 영화, 만화, 뮤지컬 등 다양한 장르로 각색되어 사랑받는지 확인할 수 있을 것이다. 뮤지컬이나 영화로 먼저 접한 사람들에게는 원작 소설이 다소 밋밋하고 난해하게 여겨질지도 모른다. 하지만 안개 자욱한 런던의 어두운 밤, 그 음울한 분위기와 선과 악 사이에서 갈등하는 인간의 내면을 그리는 탁월한 묘사를 접할 수 있는 기회가 되리라 생각한다.

익숙한 작품이었던 만큼 반가운 마음으로 뮤지컬 〈지킬 박사와 하이드〉의 삽입곡 〈지금 이 순간〉을 흥얼거리며 호기롭게 번역을 시작했다. 하지만 역시 고전을 번역하는 일은 녹록치 않은 작업이었다. 험난한 여정을 마친 지금, 부디 위대한 작가와 작품에 누가 되지 않았기를 간절히 바란다. 더불어 여러 번역본 가운데 이 책을 택했을 독자들이 원전의 매력과 독특한 분위기를 만끽하는 데 지장이 없기를 간절히 바라는 마음뿐이다.

― 옮긴이 황윤영

〈올 에이지 클래식〉으로 만나는 '세계의 고전', 함께 읽어 보세요!

어린 왕자 생텍쥐페리
동물농장 조지 오웰
행복한 왕자 오스카 와일드
변신 프란츠 카프카
안네의 일기 안네 프랑크
안데르센 동화집 한스 크리스티안 안데르센
그림 형제 동화집 그림 형제
비밀의 화원 프랜시스 호즈슨 버넷
빨간 머리 앤 루시 모드 몽고메리
버드나무에 부는 바람 케네스 그레이엄
소공녀 프랜시스 호즈슨 버넷
지킬 박사와 하이드 로버트 루이스 스티븐슨

로버트 루이스 스티븐슨 (Robert Louis Stevenson)
1850년 스코틀랜드 에든버러에서 부유한 토목 기사의 아들로 태어났다. 가업을 잇기 위해 에든버러 대학에서 공학을 전공했으나 결국 법학으로 전공을 바꾸었다. 하지만 자신이 변호 업무보다 글쓰기를 더 좋아한다는 사실을 깨닫고 1870년 중반부터 여행을 다니며 작품 활동을 시작했다. 대표작으로 해양 모험 문학의 고전 『보물섬』을 비롯하여 『유괴』, 『검은 화살』, 『카트리오나』 등이 있다. 스티븐슨은 1894년 마흔넷의 젊은 나이에 뇌일혈로 숨을 거두었는데, 뛰어난 상상력과 긴장감 넘치는 이야기와 탁월한 심리 묘사가 장점인 그의 작품들은 오늘날까지 전 세계 수많은 독자들에게 사랑받고 있다. 특히 1886년에 출간된 『지킬 박사와 하이드』는 인간 정신의 어두운 측면에 대한 근원적인 탐구와 내부에 잠재된 이중성에 대한 심도 있는 성찰이 돋보이는 고전 중의 고전이다.

황윤영
경상대학교 영어영문학과와 성균관대학교 번역대학원을 졸업한 후, 현재 아동청소년문학 전문 번역가로 활동하고 있다. 그동안 옮긴 책으로 『내가 사랑한 야곱』, 『바다 바다 바다』, 『탠저린』, 『젤리코 로드』, 『악마의 농구 코트』, 『오디세이』, 『지킬 박사와 하이드』 등이 있다.